荒原上

索南才让 著

江苏凤凰文艺出版社

图书在版编目（CIP）数据

荒原上 / 索南才让著. — 南京：江苏凤凰文艺出版社，2021.7（2025.2重印）
ISBN 978-7-5594-5900-8

Ⅰ.①荒… Ⅱ.①索… Ⅲ.①中篇小说－小说集－中国－当代②短篇小说－小说集－中国－当代 Ⅳ.①I247.7

中国版本图书馆CIP数据核字（2021）第086010号

荒原上

索南才让 著

出 版 人	张在健
责任编辑	唐 婧　李 黎
责任印制	刘 巍
出版发行	江苏凤凰文艺出版社
	南京市中央路165号，邮编：210009
网　　址	http://www.jswenyi.com
印　　刷	苏州市越洋印刷有限公司
开　　本	880毫米×1230毫米　1/32
印　　张	9
字　　数	185千字
版　　次	2021年7月第1版
印　　次	2025年2月第10次印刷
书　　号	ISBN 978-7-5594-5900-8
定　　价	45.00元

江苏凤凰文艺版图书凡印刷、装订错误，可向出版社调换，联系电话 025-83280257

目录

在辛哈那登　001

牛圈　027

我是一个牧马人　049

德州商店　063

所有的只是一个声音　089

接下来干什么　115

秃鹫　139

原原本本　157

山之间　177

荒原上　197

在辛哈那登

1

我们开着二十四五岁的绿色吉普车去辛哈那登。先是吉罗开了四个小时。翻过海拔4480米的高纳大垭口后,换我开。我们是去找阿爸。阿妈被牛撞坏,回光返照之际只对我叮嘱了三件事:

第一,不要闯祸了!

第二,再也不要闯祸了!!

第三,照顾好你阿爸!!!

前两件事我做到了。她用死亡提出来的要求有着令人惊奇的效果。我连芝麻小的坏事都没有再干过,但第三件事不好办。阿妈一死,阿爸居然古怪地停止了酗酒,等他重新开始喝酒并流下了迟钝、悔恨的眼泪之后,他骑着我们家的"隆鑫"摩托车消失得无影无踪。我记得他将这辆摩托车搞到手的那一年,我十二岁,得了肾炎,为此他带着我去找赤脚医生看病。在这辆摩托车上,我很少坐着。我踩着脚踏板,迷恋地去感受风飞翔的力量。有时候他故意让摩托车颠簸,我脚下一滑,一屁股骑到座位上,他乐得哈哈大笑。我最后一次扶着他的肩膀领略风的风采是十四岁的最后一天,那也是我最后一次去看病。之后，他突然毫无征兆地开始了和阿妈长达十年的战争。整整十年时间里他没有给过阿妈好脸色。阿妈的坚持让我见识到一个女人的强大和韧性，她拖了十年才崩溃是我无论如何都没有想到的。

我在实在没办法搞定他们之间的关系后才开始冷眼旁观。我看着阿爸一点点艰难地将阿妈摧垮、让她崩溃，然后被牛撞死。

阿妈死的那天，他们照例吵了一架。他们吵架的时间越来越短，效果越来越好。这是因为阿爸的吵架水平像爬一座高山一样一直往上，往上。他最有灵感的时候，只两三句话，便可以让阿妈一整天都不痛快。而他则在确认过成果后，便心满意足地离去。那天下午，他完成任务，喝酒去了。阿妈朝着他的背影吵吵闹闹、哭哭啼啼了一阵子，尔后落寞地做起家务事，但很快，她又不出所料地哭起来。于是我说要去看羊。它们总是不满意自己的草场，总是想方设法地去别人家的草场里。我对她说邻居已经警告三回了。我等了片刻，她一个字也没听见。我走到蓄水坑边的拴马柱旁，"战士"纹丝不动地站着。这匹马中色鬼，平时最擅长偷懒，擅长对母马献殷勤。它哪儿都好，就是披着的一身皮子丑到家了。

"战士"睡得挺香，我都不忍心打扰，但这会儿不走，醒过神来的阿妈会把所有的气都撒到我身上，那些气可不好受。于是我拽了拽它的缰绳，它醒了，面无表情地看着我。它瓷实的嘴巴飘开一条缝隙，牙齿缺乏管教地探头探脑。我跳上它的背脊之际，它将整个身子往紧里缩一下，继而在我的屁股挨到它的背脊之前的一瞬间恢复如常。多少年来——有十三四年了——我习惯了在光滑的马背上稳坐如山,而对鞍子心有余悸。在我刚刚开始骑马的时候,阿爸就要求我对付光溜溜的马背子,即使我被摔下来了也无所谓,我仿佛皮球一样在草地上弹跳几下、滚动几下,便啥事也没有了,但马鞍会无限度地增加危险性。事实就是这样,等我到了可以乘坐于马鞍之上的年纪,我对马鞍却已经不再有以前那种渴求了。我拥有了马鞍,却很少用到它。因为有一个人在我的生活里活生生被马给拖死了。他的脚被套在马镫里,马拖着那个人的身子在山谷间惊奔,奔驰了一个下午。等人们千辛万苦拦住它,那人已经死得透透的,面目全非,惨不忍睹。他的内脏被震成碎片,仿佛液体一样在体内晃荡。我只看了他一眼,便遭受了几个月的折磨,夜夜噩梦不断,从此再漂亮的马鞍都吸引不了我,我对它们敬而远之。我看见一副鞍子,就会想起他,以及他最后的那副尊容。我倒霉在从来没有享受过马鞍,而"战士"也跟着倒霉。它的背脊与我的屁股亲密接触的地方被磨出一个拳头大小的疙瘩,时而破裂化脓,治好了,过不多久重又复发。这是一个有了马鞍就不用管的小毛病,但在我手里"战士"永远别想小看它,我也从来没有小看它,我甚至惧怕它。因为一旦我在"战士"犯病的时候还一天不休地骑"战士",这脓包便会适机怂恿"战士"对付我。要么消极怠工,要么干脆把我摔下来。我只有这么一匹马,全世界我只有这么一匹马。如果我有事情,又不能骑"战士",我就成了一个没有腿的牧人,哪里也去不了。但这时候再多的怨言也毫无用处。"战士"一旦决定不让你骑,任何人都休想得逞。它是一匹大马,有成年马的力量和胆魄,更有自己的主见,对我而言,后一点才是最糟糕的,因为一旦你的坐骑有了自己的想法,那么你便要遭殃了。

最近,那个包很安静,也许与我多次实验后的措施有关系。我制作了一个厚厚的有一部分用铁丝凸起、镂空的垫子(有空间的这部分正好对着脓包),130厘米长、110厘米宽,往"战士"身上一搭,正好折成两半。因为有了空间,又有弹性,对那个包的接触一再减缓,便有效延长了它发作的时间,距上一次它流出散发着恶臭的绿黄的脓水已经过去七十多天了,它还是一点动静没有。"战士"也好像忘了它的存在,我朝它身上扔垫子时,它很镇静。只是当我跳上它的背脊之际它才紧了紧身子。

2

有人告诉我在辛哈那登见过他。去年早春之际,我第一次去辛哈那登找他,无功而返。那次他明明出现在街头,却一眨眼不见了踪迹,分明是见到我后溜之大吉了。他今年又出现在那里,必定有个理由。吉罗知道这事。去年也是他陪着我去的,那会儿还没有这辆老得离谱的吉普车,我们骑着马走了三天。其间"战士"的脓包发作,它耍脾气,逼得我只好牵着它步行。后来我们共乘一骑,但仅仅几个小时,吉罗就心疼他的马,把我赶下来了。那次我徒步走了大概有一百公里。其间我试了几次,都被"战士"的脾气吓住了,我抽了它几缰绳,骂了很多难听的话,我告诉它说以后有的是机会收拾你。但那以后,我连再看看它、摸摸它,牵着它走路的机会都失去了。在华热镇,一群牛包围了"战士",然后一只牛犄角很轻易地捅破了它的肚皮。那个华热镇仅有的兽医说他无能为力,已经根本救不活的时候,我眼睁睁看着它在镇子外面的碱地里痛苦地倒下。它的腹部破了一个洞,内脏从小洞里挤出来一点,形成了一个灰色的气球。它瞪着眼珠,停止了呼吸,然后上百只秃鹫蓦然现身天空,蜂拥而至,从容而冷酷地瓜分了它。我一直站在那里,观看了整个过程,看着那群秃鹫一点一点把它蚕食掉,然后带着它的气息和血肉飞向远方的天际。

我知道如果他和我见面,或者他没有跑到这里来,或者我没有离开它,我守着它,就不会有这样的事情了。我赶着赶着,把它送到了灾祸的嘴边。它什么错也没有,而且一直在受罪,就因为妨碍了浩浩荡荡穿过街道的牛群,就因为被拴在了华热镇的街道旁……就被杀死了,甚至连这些理由都不需要有,就因为它来了,所以就要死。但最可笑的是他可能一点都不知道。这让我失望、让我的精神垮掉了,我流着泪开始恨他。当时的吉罗抿着嘴,比我流了更多的泪。那以后他格外爱惜自己的马,再不让它受罪。吉罗知道我为什么非要找到他。去年那挤出来的十天时间一去一回便超过六天,剩下的几天什么事情都干不了。吉罗怕了,因为还有一匹马,我们寸步不离地守着。我们不到三天便离开了。我从没间断过自责。因为"战士"长得丑,我就对它严格管制,正常的交配都不让它干。某些老家伙说,丢掉了精液等于丢掉了精力,没有精力的马比不过有精力的马。说这些话的混账中,有一个是阿爸。我正是听从了他的话,才苛刻地对待了"战士"。

我和亲人一个一个分开，而且一次比一次残忍。我反思了，大量地忏悔了。我做过了保证但还是遭到了报应，但如果真的是我以前种了因，现在得了果，那为什么吉罗好端端的？这不符合道理。

吉罗抽着烟，警惕地盯着我开车。我刚刚学会开车，挂挡的时候他心疼得咧嘴龇牙，教训儿子一样对我吼。他买了车后无师自通，学会了驾驶。虽然这是一辆一无所有的"黑车"，而且他本人也没有那个"黑本本"。但在我面前他可以充当老司机。如果我想开车，就得接受他的教训。刚开车的时候，我心中害怕，他的叫骂反倒使我镇定一些。但现在，我前前后后开了七八次，已经有点手感了，也受够了他的唠叨，于是就把心火撒到斑驳的挡杆上。但他还是发现了，大怒，说再胡来就别想再动他的车，更别想让他陪着出门，所以我闭上嘴，专心致志地开车。我们离开了 315 国道，拐入一条残败的仿佛还在冒烟的沙砾路后，吉普车调整了自己的态度，再也不用我操心了。我惊奇地发现这辆车犯毛病尽是在平展的公路上，扭扭捏捏，磕磕绊绊，仿佛得了痔疮，到了沙砾路面反而精神抖擞，抽了大烟一样跑得又快又稳，居然隐隐传出欢快的声音。我松了一口气，想起刚才吉罗说辛哈那登没有过马营好。

"怎么不好了？"这条道路两边都有牧道，窄窄的，两条牧道遵循的是和公路一样的交通规则，因此很大程度上避免了牛羊的"交通事故"。

"因为过马营有牛羊交易市场，而辛哈那登没有。"

"可这里有品牌。'辛哈那登赛马会',谁人不知何人不晓?"

"哦,不错,好牌子。"他悻悻地说。他和另外两个人合伙经营赛马会,虽然也每年都举办但明显比不了"辛哈那登赛马会"。一来开始的时间太晚(前年才开始举办,而"辛哈那登赛马会"已经有十五年的历史),二来他们的赛马会档次也明显不如对方——收费一样高,每匹马比赛费用是三百块,首奖是一枚八克的黄金戒指,而"辛哈那登赛马会"也有黄金戒指,只不过是第三名的奖品,首奖是一辆越野摩托车,而且辛哈那登宣传力度大得多。吉罗他们财力不足,他们只能慢慢来。

"你们的赛马会叫什么来着?"

"'宝骏'赛马会。"

"你们应该去找'宝骏'汽车,让他们赞助,而且名字是人家的,小心告你们侵权。"

"让他们告,我看他们有多大本事。"

他有些不知天高地厚,我挺想让他知道其中的利害,但他肯定不愿意听。

"不就是仗着老资格?告诉你吧,我们有了更好的计划。"

"什么计划?"

吉罗不说,脸上露出因为那个计划而产生的豪情,一副智珠在握的样子。

"说呀,什么计划?"

"你别瞎打听,这是一等机密,反正再过两个月你就知道了。"

"你在跟我保密?"

吉罗解释说这事不是他一个人说了算,他们是团队,因为团队才有力量,一个人不行。他要尊重团队,要遵守诺言,因为诺言就是用来遵守的。我大概有一个小时没和他说话。他不觉得这是个问题,或者是个没什么大不了的问题,他睡着了,心安理得。

下午,我将吉普车从南朝北开进小镇。小镇只有一条五百米长的破破烂烂的街道,几个商店、几家饭馆、两家带台球桌的酒吧、两家摩托车修理铺、一个信用社,还有一座极大而平整的院子,和政府有关的单位几乎全在里头。所有的房屋都是低矮而且坚硬的,几乎每一个路口都有蓝色的牌子,内容跟镇子没有关系,告诉你的是朝那个方向去会到达哪里。街上行人稀少,马粪倒是不少。拴过"战士"的那根柱子醒目地矗立在街道另一边。冷风呼呼地吹着。整个镇子只看到三盏路灯,还不知道是否能亮,以前应该还有其他的,但现在只留下一个个底座,好像一排凳子。

我把车停在一辆银灰色的面包车后面。吉罗趴到地上检查车底盘,然后站起来,拍掉裤子上的灰土,仰着头看酒馆的招牌。

"'夜色',夜晚的情色,你觉得有意思没?"

"恐怕只有你这么想。"

"恐怕这么想的人多了去了。那个有小姐的夜总会,不是也叫'夜色'吗?"他眯眼睛看着,回忆着,"我们去喝一杯吧,去年就是这么干的,然后看见了你阿爸。"

3

阿妈喊我，我没有回头，但她还是把话喊了出来：把你阿爸找回来，我要死给他看！你这个没良心的东西。她后一句是说给我听的。她往往被气得脸色苍白、嘴唇发青的时候才会想起我。因为有心脏病（估计是被气出来的），她的健康一直以来都不怎么样，现在更糟了。在日渐消瘦、神形憔悴、没有了一点女性柔美后，她不可避免地流露出死气沉沉的悲戚和对整个世界的绝望。有时候她蓬头垢面、性情乖张，用恶毒的言语攻击我们、折磨自己；有时候又收拾得利利索索，对我们温声细语、嘘寒问暖，体贴又大度。但因为我不掺和他们之间的战争，久而久之，她开始恨我了。她觉得我是叛徒。

那天我和"战士"试着跑了一趟，感觉很不错。我对"战士"说，按这个状态，今年三千米的速度赛咱们有盼头了。"战士"扬扬头，它的鬃毛迎风飘动，每一根都有属于自己的光泽。我注意到它的鬃毛和犹如细碎波浪般卷曲的长到拖地的尾巴在晨光熹微的时候最为神秘和动人心扉。这也是"战士"最精神的时刻，它会情不自禁地将头颅抬得高高的，蹄下的步伐是斗志昂扬的。每当此时，我便紧紧地收着缰绳，免得它没完没了地跑，像个疯子。我时常想，要是"战士"是个人，那他一定是个皮肤黝黑、瘦不拉叽、难以管束的二流子。而且你永远别想得到一句实话。让人难以理解的是，在我的家乡凯热，盛产二流子。凯热的二流子和别的地方的老实人一样多，而老实人

在辛哈那登 | 011

则和其他地方的二流子一样少。正因为如此,我和吉罗被孤立出来,变得像熊猫一样稀罕。而更令人费解的是:老一辈的男人们、女人们,尤其漂亮姑娘们,似乎更喜欢二流子。这是我们不曾对人言说的伤心事。我们曾经坐在大湖西岸沙洲里的简易帐篷中,沏了一壶很酽很酽的熬茶,十分严肃地探讨了这个问题。我们各有见解,平均每过三天便将这个问题拿出来抖一抖、晒一晒,直到毫无意思,谁也不提了才罢休。

"战士"的疯劲头在日出三竿后终于得以平息,像是被阳光和热气逼灭了内心的火焰,它骄傲地换了另一副面孔,汗水也突然多得足以淹掉一片草地。它用强烈的气息将周围一丈内的空气全部挤出去,我呼吸着酸溜溜的气味,开始头晕起来。我觉得自己在一条小船上起起伏伏,随时可能会掉下去。

我找到阿爸。他在德州酒馆里唱情歌。面对他的是一群同样糟糕的老男人,但他依然唱得激情澎湃,仿佛面前是一群芳心暗许的中年妇女。我站在门边的角落里,第一次十分细致地端详了他在别人面前的形象。在家里面,他从来没有如此灿烂地笑过。他的哈哈大笑如此真诚、喜悦和纯正,以至于我根本不愿意相信这是同一个人。当他唱完,等待喝彩与掌声之际,他注意到了我,马上变了脸色,他几乎是暴虐地盯着我,但我不给他机会。

"阿妈叫你回去。"我大声地说道,"她说她要死给你看。"

满场哄然大笑。

外面开始飘起了小雨,泡湿了十分忧郁的"战士"。我站在帐篷后面,看着阿爸纵马远去,他要找阿妈算账去了。阿爸离开后，我再次走进酒馆，在那些嘲笑过阿爸的人的讥笑中坐在他刚才坐过的椅子上。椅子还有余温，他的身体的火气和我的身体的火气亲密地接触在一起，毫无排斥。我要了一瓶啤酒。酒馆的老板笑嘻嘻地将啤酒推给我，他的爪子粗壮得叫人吃惊。我嫌弃地看着他的爪子，颇感恶心，仿佛吞了一条爬虫。我几大口喝完啤酒，叫他记在我的账上。在这里，阿爸有一个账本可以记账，他每半年清算一次。每次到了清算的时间，他就窜进羊群，捉一只三岁的羊卖掉，正好够还酒钱。等到我成年后，也有了自己的一个账本，喝完酒记上去。半年的期限一到，我也窜进羊群，挑一只三岁的羊卖掉还了酒钱。这个传统源于阿爸他们这一辈，是地地道道的牧区做派。有些激进的商店酒馆拒绝赊账，但这种店就像春雪一样，露个面，便消融无痕了。只有能赊账的酒馆才能生存下来，并且越赊越红火。

  我离开酒馆，尾随阿爸回家。野火似的晚霞渲染着草原，阿爸马背上的身影在天际红彤彤的蒸雾中若隐若现。他将自己燃烧在那片怒火之中。我突然感到强烈的不安。这一次，他的火气凝结成块，铅一样沉重，并将我往草丛的深渊里拽扯。我不确定这是不是正如我意识到的那样令我不安，但事情难免会出岔子，而且都是在最意想不到的时刻。阿爸牵着他的"战士"，那匹大黑马横立在离我们家平房几百米的土路上，专心致志地盯着公牛。那头公牛正从牛群里冲出来，四只大蹄子整整齐齐地撞在草地上。它就那样一跳一跳来到牛挡里，阿妈正在拴一头处于发情期的母牛。公牛就是冲着它来的。公牛来到阿妈跟前，只模糊不清地一停顿，一扬头，阿妈便飞上了天。旋

在辛哈那登 | 013

转着、上升着、不着痕迹地变换着,再慢慢下来。她落下来,砸到牛头上。她在那牛头上颠簸了几秒,这才扑入草丛,没有一丝声音,像一个啤酒瓶子轻飘飘弹在草地上。她那么大个人,跌落的瞬间变得很小很小,几乎看不见啦。

阿爸他目睹了这一切。我在他后面也看着,我开始觉得不真实,阿妈怎么会不见了呢?她明明倒在那儿,我就是看不见。我朝那边走去,在只有半尺高的草丛中发现了阿妈。她已经到了弥留之际,瞪着眼睛看着晚霞。她身上一点伤口都没有,浑身上下干干净净,草地保护了她最后的尊严。她在看阿爸,仿佛第一次见到这个男人,有些羞涩,有些满足。她一句话都不再说。她没有看我。她的眼睛没时间看我,但她又对我说话了,她嘱咐了我三件事。

然后她突然带着无穷的渴望盯着阿爸,殁了。

阿爸晃晃悠悠地蹲下来,去触摸她身上根本不存在的伤痕。然后他抱着阿妈去屋里的炕上,让她躺在躺了几十年的位置上。阿爸坐在炕沿,过一阵子又把双腿收上去,他盘腿坐着,望着窗外,也凝视阿妈已经呆板却不再愤怒也没有渴望的脸庞。这个夜晚,足足延长了一个世纪。

逝者如斯夫,阿妈离开阳世足足三年了。

4

阿妈被火化之后的半个月里,我的眼中晃动的和耳朵里听到的阿妈是真实的。阿爸用审视的目光打量我，说我已经瘦得不成人样了。接着，他开始和我保持距离。我和阿妈去处死那头公牛的时候他也没跟着。也在那天，阿妈说她的鼻子失灵了，嗅不到我们家那只大花狗的酸臭气味。我说我也几天没看见它。

"不要靠近它。"她说，"它脾气上来会咬掉你的手指。"那天她穿着陈旧不堪的发白的紫色外套，蓬乱的头发上总有东西落下来。每每我一回头，她都摸摸自己的头发，先是抚摸，接着用力拉扯，然后是更用力……

"看呐！"她说，"那个家伙。"

那头公牛在细雨霏霏中耐心地嗅着，噘起嘴唇找着那些最后一批发情的小母牛。它们在沼泽的边缘吃一大片一大片的黄花，那些单独生长却连成一片的花朵。它们将粪便排在没有花朵的地方（这样明年这里也会长出花来）。公牛发现我们后动弹了，两盏褐黄色的大眼珠瞅过来，它银色的犄角营造出一片白光。阿妈冲进白光中。令人心悸的感觉出来了。然后，她再也没出来，她一去不返。我取下肩上的套绳，抡动五圈后让它飞出去。只一次，我就套住了它的脖子。多么大的、可怕的甚至是邪恶的黑脖子，我套住了。我还有一个半米长的黑木橛子，我把它用石头钉进草地里，只在外面留下三分之一的部分。然后将绳子的这一头绑在上面。接着，我朝它走去。公牛开始跑，被绳子拽住，勒紧了脖子。它发出颤动的浑厚的反抗声。我一石头砸在它脑袋上。它朝另一个方向跑再次被勒回来，绳子绷得笔直，在绷紧的一瞬间发出嗡嗡嗡的声音，我从这音旋中感受到它的恐惧和愤怒，有血腥的味道。它注视我，眼神中的神采掩藏起来,但依然很凶。它明白面对着我意味着什么,因为它冷静下来,镇定地摆好了动作,那身黑毛油滋滋的,无风自动。

我在它头上找那个地方,捕捉那天的那种感觉。我找到了,犄角稍微靠后一点的地方,但最终的罪魁祸首还是犄角。这东西如今冲着我来了。它令我吃惊,咆哮着冲过来,根本不看,不观察。但我知道它一点不会出错,尽管它冲得跌跌撞撞,仿佛随时会出岔子。我跑出绳子的范围,再远一些,这一次它没有停下来。木橛子被拔出来,嘭的一声飞上天,高高的、像是那天的阿妈一样旋转着,无声地跌落下来,砸到它身上。它一刻不停地冲着我来了,两个鼻腔中的气流我感受到了。冷酷的、残暴的、坚决而委屈的眼神我感受到了。这往后的一年、十年甚至是一辈子,我再也没见过这样生动、有那么多东西那么清晰地表达给你的眼神。我最后一次在它眼里看见了原本就属于它们这个群体的传统,之后,将永久地消失。

但它注定不会成功。它知道自己在做守护尊严的动作。我也一样,而我有更多的理由。等它冲过我身侧,一股我从未体验过的强力冲击了我。我突然意识到这个地点,这个位置,正是那天阿妈最后一次有呼吸的地方,也是她那天跌下来后消失的地方,现在又是她消失的地方。这片草丛依然那么茂盛、高耸。公牛在远处调转身子,不耐烦地吼起来,脖子上的绳子拖在身后,有橛子的那一头在它眼前,它盯着橛子,陷入沉思。

然后我家的大花狗来了,号叫着来了。

快到牛身边时,只因牛看了它一眼,这没出息的狗就灰溜溜地去了河边，蹲在岸上，毫无意义地，甚至是心不在焉地吠叫着。而那头公牛继续盯着木橛子。接着它浑身热气腾腾，承受着万般痛苦。它必须倒在草丛中了，依然吼叫着。过一会儿，它想重新站起来，却已经没有可能。这种情况只有羊没有打"四联"疫苗后才会出现，但牛不会。但它出现了。我在这点时间里找到了刚才还在手里的那把刀子。我握在手里，就像握着一个死亡。

公牛飞快地奄奄一息，随时可能死去，但我还是给了它一刀。尖刃从肋骨之间捅进去，角度十分完美，几乎一刀毙命。它的眼神渐渐涣散，我可以感觉到它内脏中已经积满了热血，汹涌却无处可去。因为我的刀没有拔出来，即使拔出来了也不会有血流出来。这手绝活来源于一个老家伙，他说淌进胸腔的血才是最美味的，灌出来的血肠与众不同，是美食中的美食。他说的是羊肠，其实牛的也一样。现在，它的血在胸腔中停滞了，整个牛的生命大部分已经消散，剩下的一部分还停留在肌肉中跳动着，一遍又一遍地顶撞黑毛覆盖的皮子，仿佛要跳出来呼吸。但很快，这些生命都窒息而死，再也没有动静。整个牛彻底死去了，没有活力的那种冰凉感出现了。在这个炎热的天气中我感觉到舒畅。我算是为她报了仇。不，是她自己为自己报了仇。她冷冷地做了该做的事。它也认知了自己的命运，所以才在最后的回光返照之前最有活命机会的那短短一两分钟里，安宁祥和地没有动弹，从那一刻它便明白了一切，认命了。倘若阿妈不是也认命了，也可以在最有可能活下来的那一两分钟做一些努力，但她没有。这是阿爸决计没有想到的，所以他一直在琢磨这件事，已经十五天没有喝酒了。十五天里我们没说一句话，都在做各自的事情。我找公牛（它这些天消失又出现），最后在家门口找到了它。他明白我报仇的心思，没有阻止，只是冷冷地旁观，带着一种不自量力的怜悯的表情，还有一点优越感，就好像在等着看一场好戏。

天空下起了灰蒙蒙的毛毛雨。

阿爸站在雨中，寡淡寡淡地看着眼前发生的一切。他刮掉了那满脸丛生的褐色胡子，显得异常年轻了。雨水很快打湿了我的衣服，浸透我的皮肤，正在往肌肉里去，我感到一片冰凉。雨水把公牛的朝着灰蒙蒙的天空的一面身体也打湿了。长长的毛发被雨水一滋润，像活着的时候一样发出光泽。此刻，我有些不知道该怎么办。我开始用眼神咨询阿爸，他走过来，接过我手中的刀，十分落寞地将刀刃搭在公牛胸前。刀子划过牛皮的声音欢快而自然。他的刀从公牛胸前割下去，割开皮，露出每个牛的胸前都会有的一个指头厚的黄油层，然后刀子开始往肚子那里划，往肛门那里划去。刀子在他手里很乖很听话，笔直地划到肛门。被划开的地方的皮子朝两边收缩，一条由黄色、红色、白色以及青色组成的线条出现了，散发着浓烈的热乎乎的腥气。硕大的睾丸处的肌肉痉挛地抽动着，接着，所有露出来的肉都开始痉挛了，就好像它们还活着，被割痛的神经发出了反应。但它的整个身子一动不动，褐黄色的表皮油层开始冷却下来，开始利用阳光发射一闪一灭的光芒，只要有人用心看就会消失。当所有的轻微的跳动全部停止后，阿爸开始在它的一条后腿上挑开一个口子。

"这个家伙太肥。"阿爸说,"肯定没有好好干活。"

"它跳的母牛可不少,我看见了好多。"我说。我原本努力想给他些颜色看看,好让他知道阿妈的死我是有恨的,是他的错。但没办到,他随便一问,我就回答了。我说了话,于是去帐篷拿来一把刀子,和他一起把它卸开。

下午,我们煮了它的肉吃了后,他差不多已经喝醉了,说了一些话,流了一些泪,然后骑着摩托车去了酒馆。这以后,我差不多有两年没有见过他,但我一直为了见他而找他。

5

酒馆是羊舍改造的,唯一的特点是宽大。灵敏点的鼻子还能闻到没有去除干净的羊粪味。这种味道混合在烟草、食物和人体的气味中,狡猾地生存了下来。我们在上午来到镇上的这家酒馆,找了张靠近台球桌的黑黝黝的桌子坐下。有三个人在用扑克牌赌钱打台球。一个男的过来了。

"两位老板喝什么?"这人说。

"你这儿有什么好酒?"我打量穿着一身灰衣服、罕见地拥有一顶秃头的刘老板。一年不见,他的衣服有些松垮了。

刘老板认出了我们,笑容满面地说:"你们可以尝尝高粱酒,我刚弄来的。"

"贵吗?"

"不贵,是好酒。"

"来一斤青稞酒吧。"吉罗说。

我和吉罗空着肚子喝青稞酒,看着他们打台球。我们也想打一把,但轮不到我们。当酒还剩半瓶的时候吉罗站起身,将酒瓶揣进怀里。我们商量好了,走出酒馆前跟刘老板打听消息。他果然知道,并且痛痛快快地说:"你老子招女婿了。"

这个消息的震撼度让吉罗久久不能平静。离开华热镇半个小时后他仍然觉得不可思议。

"这是真的吗?"吉罗第三次问我。他双手握着方向盘,一脸不可思议。

如果抛开年龄不说,他的行为也没什么大不了的。他不安分的战斗欲望可能随着阿妈一起离去,或者隐藏起来。而现在的他正是长久以来最安静本分的时候。这是好事,然后我不可避免地想起"战士",再过些日子就是它一周年的忌日。整整一年了,他早就应该知道是他害了"战士",并且他应该每天忏悔。但事实是他不知道,或许现在他知道了,但他会觉得是自己的错吗?

"他一定是找到了新的目标,像折磨阿妈一样继续折磨别人。"

"我觉得不会,他可能遇到真爱了。你别这样看着我。你没问题,但你没有做过如此有魄力的事。我就是打个比方。"他说,"是这家吧?"

"门前有五个牛粪堆,应该就是。"

"看上去不错,有四个羊圈,羊一定不少。"

"说不定是个空壳子,再说了,阿爸可不会在意这些。"他虽然毛病不少但唯独在钱财这一点上看得很开。

吉罗率先朝那边走去。房子是一栋大房子，坐北朝南。正面的墙上贴着瓷砖，拼出的是一幅八骏图，阳光一照，光芒万丈。封闭式阳台的玻璃被擦得纤尘不染，一看就赏心悦目。这是一个好房子，说不定是一个好家，阿爸也许真如吉罗所言，遇上爱情了。

吉罗喊，有人吗？

阿爸走出来了，站在台阶上。他后面紧跟着那个女人，他的现任妻子。她飞快地看了这边一眼，神情肃穆。阿爸穿着白衬衫，外面是穿了好多年的黑色皮马甲。他冷漠地看着我们，我觉得应该解释解释，至少应该先问候一声。但我并没有开口，他也没有。那个女人走下台阶来，一脸阳光灿烂的笑容。看得出她是真诚的。她手里拿着一块毛巾，很干净的蓝色的毛巾。她提在手里，有点难为情地招呼我们进屋。阿爸神色不善地侧开身子。吉罗偷偷给我使眼色，接着他让家里的气派镇住了，赞叹着，并且伤感起来。我十分认真地打量她：端庄大方，相貌平平却绝对不丑。她真实的情况是很有女人味，把浑身收拾得往长久的、持续不断的、一波接一波给人好感的那个方向上努力。年龄根本看不出来。她挺着大肚子给我们倒了茶水。玻璃杯子，漂着枸杞和绿茶叶，一股温气蒸到我的脸。我一抬头，看见阿爸带着标志性的得意脱鞋上了炕，盘腿一坐，抽烟了。他身后的窗户有大片的白光漫进来，将他淹没。

我沉默着，不言不语。我突然感到意兴阑珊，那些时时折磨我、挑逗我、戳唆我的念头在最后关头偃旗息鼓，不声不响了；那些积攒起来的怨恨一直像"战士"身上冒出来的那个"气球"一样憋着，但此刻却在体内涣散，泄得干干净净。而我并没有感到不快，我就像我们这样的人应该做的那样，先是按照想法去做事，等起了变化也并不惊奇，甚至也并不失望，只是想"就这样吗"，然后感到了然。

那个女人用脚后跟带上门走出去了。屋子里更加寂静。之后，吉罗弄出动静。他的喉咙上下滚动着，茶水吸进嘴里，发出咕噜咕噜的声音。他乐此不疲。他的脸黑乎乎的，五官分外模糊。他一副毕恭毕敬的样子。他崇拜阿爸。

"叔。"他说，"叔呀，您老身体怎么样，可好着吗？"

阿爸睥睨地朝沙发上的吉罗瞧了半分钟，接着放声大笑。吉罗战战兢兢地看着他，接着他对我怒目而视，非常不满意我魂不守舍的样子。

"怎么回事呢？怎么一转眼，你成别人家的女婿啦？"我对阿爸说，"你怎么不为我张罗张罗？我还没有媳妇呢。"然而我说完这些话便后悔了，我怕他良心发现，或者心血来潮给我弄一弄婚姻大事，那将又是一桩麻烦事。于是我说："阿爸，你现在回家吗？"

"回家？"他的身体躲在某个地方，声音从浓烟中艰难地穿透而来，来到我耳朵跟前时已筋疲力尽。"不……那里现在是你的家。"

我多此一问之前便已经明白，这不是后来的事情，他肯定是遵照内心的冲动早就有了这个家。或许这一切都是他的阴谋。我再次回忆了一番，一点头绪也没有。

"阿爸,你什么时候安的这个家,你还有别的儿子吗?"

阿爸沉默着,转头望向窗外。他的女人正在走向对面的旧房子,那里来了几匹马,正在用屁股摩擦墙壁。那道年久失修的院墙几乎已经摇摇欲坠了。

我将目光重新放到他存在的那个地方。

"阿爸,你儿子呢?"

"我那个儿子,走了。"

他说的走是从阳世到阴间的意思。他直勾勾地盯着自己的女人,我发现他在看那个女人的肚子。那里还有一个儿子。他永远都不缺儿子。

"他的名字叫多多。"阿爸站起来,头顶在天花板上,爆裂的头发被压平在头顶。他将烟头就那么用粗壮的手指掐灭,跳下炕。我伸着脖子一望,才发现那个女人正在对面相当性感地朝他招手。

阿爸幸福地走过去了。

吉罗唏嘘不已:"兄弟,你老子的根原来在这里。"

我看着他走到那个女人跟前,体贴地为她挡住了风。这个动作他做得熟练而自然,是下意识的动作。可他从来没有为阿妈做过,在我的记忆里,一次也没有。阿爸他现在也将不再需要我了。阿爸他对自己的新家很满意,他其实好像已经忘了我,是我到来后提醒了他。但马上,他就无所谓了。他没有说出来的话是他已经完成了养育我的任务,而且我已经长这么大了,肯定会生活得好好的。他的意思是一个大男人去管另一个大男人,是一件很丢脸的事情。

我和吉罗走出屋子。阿爸远远地看着我,如同一个懵懂无知的孩童一样笑了,他多出来的那些皱纹活络在他的脸上。他最后朝我挥舞手臂,正式和我道别。

阿妈最后一个嘱托我现在可以回答她:阿爸已经不用我管了。他有新的妻子照顾他,还有新的儿子。倘若她没放下……现在可以放下了,因为阿爸的余生不会再重演他们的生活。

6

汽车倒退,掉头。阿爸的家渐渐消失。我们回到镇上。正是午时,这边草原上特有的狗毛风在大街上巡逻,有些房屋被灰尘笼罩起来,快速地衰老着。我们去了一个饭馆,要了两碗拉面。

我并不是看上去那么伤感,事实上我挺轻松的。如同一条河流总是服从大地的引导,我遵从着内心的感受去面对世间的一切。眼下,我预感到将要面对的是什么,我感到茫然。因为现在真的就只有我一个人了。我不知道我该拿生活怎么办。

吉罗去而复返,拿来两瓶啤酒。我们喝了一杯又一杯。我想放纵一下自己,但这里不是我的酒馆,甚至不是我们那边我很少去的另外两个酒馆。这里不是喝醉的地方。吉罗也是这个意思。他说我们还有一辆汽车呢,可不能出事。然后他好奇地盯着我:"你为什么没有说?"

"'战士'的死是我的错,和他没关系。"

"你放下了,真好。"

"我早就放下了。"

"你一见到你阿爸,就把这些没用的东西都扔了,我感觉到了。"他得意地说。

我笑着和他碰了一杯。

"你以后有什么打算?"

"不是说了吗,我到现在都没有媳妇呢。"

"是啊,我们都该结婚了。不过还有一件事。"

我看着他。

"先要给你找一匹'战士',我物色了几个,有一匹简直跟那个一样丑。"

"不,这次我要找个好看的,然后去迎娶我的新娘。"

吉罗夸张地大笑着说,你想得倒挺美。

我们在酒馆待到晚上十一点,喝了二十九瓶啤酒。漫长的夜晚才刚刚开始,我们走出酒馆。吉罗打着了车。我站在车旁,感受发自内心的懒散。我在想,今天一天,我都没有眼福去瞧瞧本地的姑娘,甚至可怜得连这个念头也没有,但从今往后,我要好好看一些姑娘,最后就看一个姑娘。吉罗一脸忧郁地瞧着黑黢黢的天空,说好黑的晚上。这个夜晚跟冬天的夜晚一样萧瑟,并且淅淅沥沥地下着小雨,华热镇漂泊在斜风细雨中。四周的黑暗里,湿气正在快速冰冷,开始凝固,我们浑身的肌肉变得酸涩起来。他握着方向盘,醉眼迷离地说,车啊,我们走吧!

酒水正在身体里发酵,正在绵绵密密、丝丝缕缕地牵引出我最后一个疑问。一个我大概想了只有几次的，以前很重要但现在已无关紧要的疑问：我到底……我究竟是不是他儿子？不。我一直都是他的儿子，我们的关系只牵扯到血缘上，那么我到底是不是他的亲生儿子？恐怕这个问题已经困扰我很久了。久到了他们对峙的最初，那些没完没了的争吵时期，但一直到现在，或者是上一次，他失踪后我到这儿来找他的那次，我从我的"战士"身上的马褡裢里摸出便捷式收音机，听里面谈论死亡和宗教，然后是儿子和父亲。彼时，我想到了这个问题。它头一次明确地出现在我脑袋里，然后又快速消失了。而此时，凌晨一点钟的公路上空无一物，幽暗的路面在灯光的直射下泛着青光，轮胎在吼叫着往前奔跑。我以前所未有的轻松心情再次想起这个问题。"我就是你儿子。"我朝着前方晃眼的光芒喃喃地说出这句话。我知道一旦我说出来，就像阿妈放下了恩怨，我放下了"战士"一样，一切都过去了。一切，都结束了。

牛圈

1

我和老金推摩托车过冰面。天空阴沉,要下雪了。我们停下来,各自点上烟。老金扎扎实实地吸着,我华而不实地吐着烟圈。那些牛,加快了吃草的动作。老金看牛的目光转向我:既然你愿意,我们明天就走。

我没有问题,下大雪了怎么办?

不会,这里会下得厚一点。但在那边,这是一场急呱呱的薄雪。把你的那一盒子弹拿上,我们用得上。

我想大概有二十发。

全部带上。

他另外交代了我要带上的东西,我二话不说全部照办。第二天早上,我在家里等着。我老婆说你可悠着点,他是猎人,你不是。

我拿过长跑第一名,难道还跟不上他?

要不是他老了,你跟不上。

我让她照顾好母羊和羊羔们,别出现羊羔给野狐吃掉的事情。

你借枪来,把那只野狐打死。

杀了这只，还会有第二只。

这一只的窝就在我们的草场里，杀了它会省心不少。她对着镜子梳着头发，受伤的大拇指别扭地跷着。

好的，我把枪借来。到时候我的枪法也更好了。

她给我的碗里添了茶，慢悠悠地擦拭着柜子。最近她脸上长了几颗痘，破坏了整张脸自然的美，但她并不在意。两个小时前我要求做爱，她迷迷糊糊地埋怨着，但还是接受了我的骚扰。完了后她彻底醒了，说还是不怎么有感觉。我说我也是。通过很多次的实验，现在我不得不承认，早上的这段时间不适合做爱。我不知道别人是否也是如此，但我们就是如此。我坐在沙发上，回想这件事情，觉得太好笑了。我们为什么一直耿耿于怀早上不能做爱这件事，为什么非得要早上呢？我跟她这样说了，我们都觉得好笑，开始笑个不停。别人的性生活，他们到底怎么样？我说太好奇了。

这时候老金的微型小货车来到门口。

你这话是什么意思？你说清楚。

我走了。我说：老金已经摁了三次喇叭。

2

你知道真枪手只打一枪，一枪就要打倒猎物。只有一般的枪手才会开第二枪。老金说。

我们真没事吗？

只要你别乱嚼舌头就没事。

我们这是监守自盗。

石羊太多了,抢我们的草吃,这几年的草一年不如一年就是因为石羊太多了。

我们破坏了国家的法律。

老金盯着我,笑了笑:我们需要靠这片草场吃饭。所以有些事情我们得自己想办法,不能什么事都靠国家。这不挺好吗,有羊肉可以吃,还省钱。

我们走了一上午才把车开到豹子谷的南面出口。自从豹子消失后,这里改叫花石谷了。因为山谷两面都是色彩斑斓的岩石。天然的花色和形状让人痴迷。我在家里收藏了几块,都是辛辛苦苦用马驮出山谷的。山谷里进不了车,我们就此打算步行。真正的狩猎要从徒步才算开始。这里也是冬天石羊盘踞最多的地方,南北走向的谷沟有效地防御了东西风的肆虐,使这里比其他地方更暖和。当然其他地方也有南北走向的山沟,但那些山谷都很浅,并不能很好地挡风也不能很好地聚热,所以每年有很多群石羊选择在这里过冬。我们将车停在山谷口丹巴仁青夏天时的营地上。我在背包里装了四张油饼和两瓶矿泉水。老金摸着子弹一颗颗揣进兜里,提上枪。他朝四周张望,说今天运气不好,附近一群石羊也没有。我们开始往山谷深处走。我穿的是一双轻便的蓝色运动鞋,鞋底厚实富有弹性,走起来很轻松。我特意准备了这双鞋,果然大有作用。再看看老金,他居然穿着一双破旧的皮鞋,脚底已经很薄很薄了,在石头里走,我看着都感觉疼,他却一点反应都没有。他厚实有力的脚掌通过皮鞋的底子和大地接触,而后牢牢地抓住大地,他掌握着怎样用大脚来和大地和谐共处的力量,所以他才会走得又快又稳,而且他永远不会比你先感到累。只要你留心观察他的脚,便会发现他用力气是均衡的、节省的、高明的,似乎他每一脚踩下去,都会瞬间根据地面的不同调整力度。不像我,如果不紧盯着地面,就会走得深一脚浅一脚,既费力又笨拙。

我们到了每年积雪最满的地方。这条山体以贝壳的形状向外展开,形成了数条大型沟壑。而沟壑里面又是密密麻麻更小更深更密的道沟,好像人脸上的细碎皱纹一样。冬天一到,大雪一降,这些沟沟壑壑给填得满满当当结结实实,一头牛走上去也不会塌陷。但也不全是这样,碰到冷度不够的一年,积雪松垮,这种时候牛走上去就会下陷、困住,成了狼的美餐。所以这里的骨头不少,开春雪水冲走的则更多。走着走着,老金说:我一直不相信。我一直不相信有人大胆到会到这里来。我一直不相信,但现在我信了。

他给我指了一个地方。

我好一会儿才发现一个东西在动,但离得太远,我只能看到一个模糊的黑点。

那是人吗?你怎么知道就是盗猎的?

三个人。我感觉到了火药味。他说:在这荒山野岭,除了盗猎的,还是盗猎的。

我一想也是,谁会无缘无故来这里呢?这里一个畜生都没有。

我们怎么办?

先看看他们在干什么。老金做了一个手势，我们就地坐下。那边的情形被地势挡住了。风也挡住了。我们上空很高很高的地方有几只鹰在来来回回滑翔。

既然它们都来了，那肯定是有事了，他们不会是在剥皮子吧？

我也看不清。老金摇摇头：咱们再等一会儿，等这阵子风小一点了往前挪挪。

我点点头。我相信他的枪法，但我不明白他的意思：我们也是来打猎的，何必多管闲事。

我们可以打，但他们不行。他们什么值钱打什么。老金诧异地盯着我：你不要老是探头探脑，那些人都是猎人，会发现你。于是我背过身子，安安静静地等待着他的指令和风的消息。

过了半个小时。老金从怀里掏出军用单筒望远镜，他观察那边：好啊好啊。

怎么了？

这帮畜生……那是一只瞎熊。

他收起望远镜。我们躲躲闪闪地靠近他们。老金的行进速度一再加快，我很快就跟不上了。我不敢叫他，怕惊动他们；也不敢明目张胆地跑，怕他们发现。老金已经到达了他的目的地，他匍匐在地。那是一片没有雪的斑驳草地，和他的衣着完美地契合在一起，除非你第一眼就盯着他，否则一时半会儿难以发现。我开始佩服老金。我学着他的样子趴在地上，但觉得和这片草地格格不入，就像白雪上的一个黑污点那样明显。我不安地扭捏着，试图找到一个契合点。老金皱着眉头看着我：

你在干什么？

我在找一个合适的埋伏地点。

去那儿。他指着一片有两个鼹鼠毁出来的土堆的地方。正好在他脚底下，我犹豫片刻，乖乖过去趴着。我开始感到这里和我的身形正在配合。他这份敏锐和眼力见儿是一种天赋，他很幸运地拥有了。我羡慕了一会儿，然后向他要来望远镜。那些家伙开始往这边走了。他们身上挂满了战利品，血淋淋地浸染着衣裤。他们的嘴里还嚼着东西。就像我们宰杀了一头牛或者一只羊后会撕下一小块肉放进嘴里嚼着一样，他们肯定也觉得只有这样才不会被这头熊的死气缠上。也许他们在打死它，割断它的脖子的那一瞬间默念了六字真言，用以超度，以求心安。他们满载而归地朝这边走来，越来越近。老金岿然不动。他用脚压住了我的身子，手中的枪慢慢地、稳稳地瞄准了那边，手指头扣在扳机上。他嘴里念着数字，计算着距离。过了几分钟，他扭头看着我：我们应该打一枪。

别别，他们人多——

给个警告！随后他再次认真地瞄准那边，毫不犹豫地开枪了。

我耳朵里轻轻一震，仿佛贯通般的清明起来。那边在枪声一响之后四散而卧。他们隐蔽高明，瞬间消失了。老金站起来。大大咧咧地站起来。踢了我一脚：走！

我不敢挺直身子，怕那边瞄准了我，下一秒子弹将打穿我的躯体。

我紧紧张张地向前奔跑，已经超过老金，我看见汽车了。

我的脑袋嗡嗡地发胀，嗓子眼窜动着血腥气。我一口气跑到车跟前，扶住车厢喘气。老金紧跟上来：怎么不跑了？

快上车。我说。

上什么车——

一颗子弹飞来，打碎了驾驶座这边的玻璃。老金拉着我跑到车子另一边，然后开枪还击。我试图告诉老金，我们这回惹上大事了，但他正在全神贯注地从驾驶座和货箱连接处的直角观察对面，他仿佛知道我在后面盯着他：他们有点意思，他们散开了。

我们快走。

我把车钥匙丢了。

你说什么？

他不解地看着我。

快跑啊，咱们快跑啊。

他看着自己的车，迟疑不决。我于是不再管他，我朝南面跑去。我听见老金在喊叫，但我绝不回头。我浑然忘我地奔跑着，奔跑着。如同躲避闪电般躲避着身后可能射来的子弹。我的眼睛一阵发酸，接着滚倒在一片耀眼的白光之中。四周寂静极了。我爬出雪沟，远处的汽车闪着银色的光点，那附近，有几个黑点移动着。我不知道是不是有老金。正这样想，他出现在面前，神情淡定自然：你不用担心，我会保护你。我刚才喊你了。

我茫然地看着他。

你带烟了吗？

他耳朵根流血了，擦拭过，但血迹很清晰地均匀地涂抹在他右脸上耳朵的周围。

没事，摔了一跤。今天不是一个好日子，尽是倒霉事。

现在怎么办？

他点上一根烟。无论是静止还是跑动，他的嘴里的烟从来没断过。他乐呵呵地说：别心慌，先缓一缓。

吸入肺腑的烟雾舒缓了精神和身体。我下意识地望向那边。

放心，放心。你别害怕。老金稀少的眉毛蠕动。他蓝色的鸭舌帽前檐的一块地方因为总是用大拇指和食指捏着动而给印黑了，他再次准确无误地捏在那里，将帽子往上提一提，好奇地盯着我，不是那种故意装出来的带着得意或者嘲讽的好奇，而是他真的好奇。

我喊了你。我说。

可你跑什么，我们手里也有枪，而且我的枪法你难道不知道吗？

你不能开枪。

这不是能不能的问题，你怎么一点都不懂。老金看上去失望极了。

我害怕了。

人之常情，但以后可不能这样，我们必须在一起。

我想不通他们为什么要追我们？他们一定是收获不小。

我们走，现在离开。

你的车。

他们不可能一直守着车，他们也没有钥匙。

3

对面是高原灌木林。从山上滑流下来的石沙将树林分割成三片,其中最大的那片离我们最近。我提议到那里面去。老金无奈地看着我说:那里面全是厚雪,树枝上也全是雪,你觉得我们能走得动吗?

我们藏在哪里,等着晚上……你能发动汽车吗?

他突然停下来,目光掠过低处河谷沉思。然后我们拣着没有雪的草地走,再贴着谷底的一段峭壁潜行,鬼鬼祟祟地摸进了树林。

树林里并不阴森,反而有点暖和。行走中碰到枝条,上面手指厚的积雪松松垮垮地飘落,消融在脸上,钻进脖子里成为一颗水珠子往下身跑。脚底下有些地方积雪极厚、极硬,是攒了几次的雪才形成的,但又和外面有些不一样,这雪表面一层上有彩色的光,随着角度的不同而变化,很神奇。从树林里可以清晰地看到汽车和那四个人。老金说他们在找我们,然后他拉着我躲起来。我怀疑他们的望远镜一旦对准这里就会发现。老金自信满满地说:这是一种很高明的技巧,你还要学很长时间。

我不打算学。以后我再也不干这种事了。

这种事我也不是常干,这次运气不好。

上一次你和谁来的?

我和尼玛。我一般不和外人搭伙。这次是意外。他摇摇头，仿佛到现在都感到意外怎么会把我带上。

也许是我的缘故才运气不好。

也许。他说。

树林上空飘浮着亮晶晶的雪粒子。因为静，一条树枝晃动的声音都显得重而有力。有一群雪鸡在咯咯咯叫唤。我从包里拿出水和油饼，大口吞食。老金赞许地说：对了，这样才有力气，先不要把自己弄坏了……

我为什么要跟着他来？我应该舒舒服服地待在家里看电视、打麻将。我不适应这样的场合。可是我在老金家见到一张他背着枪骑着马的黑白照片时绝不会意识到这点。我问，这是哪里？

是红垭口。那天我们刚打完猎。

你们精神。我半真半假地说。

你们也不差。你们，你和尼玛都精神。

打猎……打猎是个好玩的事。我说。

这是男人必须干的事情。男人要有几次打猎。红得像血一样的岩羊见过吗？没有吧？我们走在他家后面的山坡上的时候他吹嘘：我见过，而且是我干的。他说完蹲在地上，朝家的那边开了一枪，把拴在他家门口的那只羊的脑袋瓜开了瓢。血直直地喷出去几丈远，我看得清清楚楚。我说你干吗糟蹋自己的羊。他说先拿家羊找找感觉，反正马上要宰的羊。你不知道，被打烂头的羊肉吃起来还真是别有一番滋味。他教我打枪。正好一根水泥杆子上立着一只隼。干掉它！他用手指在空中比画了一下：才七十米，干掉它！

它看起来像一棵黑青稞。

那就再往前走点儿，但小心，那是一只游隼。

蓝翅膀还是银翅膀？

蓝翅膀的游隼。不要打了，还是打兔子。

我也不想打它，万一打中了我会一辈子后悔。

我们离开那里，骑着摩托车去大曲陇。那天是他戒酒的第十几天，他急得嘴上冒泡，一个劲儿地抽烟，连带着我也不知不觉抽了好多烟。我们在大曲陇桥口停下，推着摩托车从结冰后隆起的河面上过去。即便一路小心翼翼，车还是滑倒了。汽油从油箱口的缝隙里冒出来，味道特别好闻，我使劲嗅着。老金说快扶起来。在和摩托车较劲的过程中他也摔倒了，撞坏了手表。他高涨的情绪浇了冰水般熄灭，愤愤不平地咒骂。我做好了回去的准备，但他微妙地控制住了自己，说没事。我们过了河面，跟着一条羊肠小道继续前行了差不多十公里，来到他的秋草场。他的牛群全在这里。我们徒步上山，数了牛，查看有没有病了的牛。一切安好。下山的时候一片一片的残雪中有老鼠鬼鬼祟祟地闪现。我试了试，觉得肯定打不到，就没有浪费子弹。这时有一只野狐出现了，他叫我打它。我说这么远打不到。

你得赶紧练熟手。

没关系，我说。

它不跑了，快趴下。

他拉着我趴在地上，我的膝盖骨和肚皮瞬间感受到冰冷的刺痛。我动了动，他的大手按住我的背，指导我怎么瞄准，怎么控制呼吸。

深吸一口气,再放出一小半,然后慢慢吐气,把心跳降下来……

我瞄准野狐。它的尾巴有一个半身体那么长,正在半空中定着不动。我瞄准它的前半身。他叫我打头,但我知道不可能打中,于是打了它的侧身,仍然没有打中。野狐眨眼的工夫跑掉了。老金惋惜地说:你扳动手指的时候身子动了一下。

我觉得子弹好像擦着它的身子过去了。

不可能,那是子弹骗了你。刚开始打枪都会有这种错觉,慢慢你会发现子弹其实一点重量都没有,尤其是在打出去以后。

没有重量怎么打死?

挨到身体的时候才会有重量,就是这样。你别管,再练几把。

我们搜索周边找合适的目标,找到一只野兔。老金示范了一遍正确动作,他的手指蠢蠢欲动,好几次差点扣动扳机,用极大的毅力才忍住。他把枪递给我:记住,一定要记住,控制住了呼吸再打。

这一次我用一秒钟瞄准野兔,另一秒开枪。他说完的时候,我把子弹打出去了。我仿佛真的看见子弹轻飘飘地往前飞,碰到野兔身体的一瞬间爆发出千百倍的力道,把兔子撞飞起来。老金啊了一声:好啊,你可以摆上台面了。他跑去拿兔子。它已经死得透透的,我一枪打穿了它的肺腑。漂亮!

我们研究了一会儿兔子的伤势。老金说:你要吗?

我不要,我都吃腻了。

我也不要。

于是我们把兔子扔在那里，让给有需要的动物。我们到老金家里的时候他儿媳掐着时间煮好了肉等着我们。老金极力挽留我，我不好意思硬要离开，于是就和他们一家人一起吃了的确有些怪异的羊肉，还喝了酒。没想到尼玛看着瘦不拉叽但酒量不弱，我们一杯接一杯地喝了两斤，他一副云淡风轻的样子。老金在这四五个小时当中只从炕上下来过一次，他去解手，顺便拿来了当年的战利品：一座壮丽的羚羊头。羚羊头并不算什么好东西，但这个不一样，这个羚羊的犄角长得过分。他说有一米六。

我们这个地方的羚羊可绝对没有这样的。跟非洲的那些羚羊可不能比，就算是那么大的羚羊也不会有这么高的犄角。尼玛说。

这个羊头上的犄角不但高，而且还黑得发亮，亮得让人怀疑是假的，但老金发誓这绝对是真的。我第一次见到这东西，十分有兴趣地观赏。我发现比起这对壮丽的犄角，那下面的小小的头颅就黯然失色了，我甚至觉得这头严重影响了犄角进一步纯粹的美观。我说了想法。尼玛大是赞同，鼓动他老子将头舍弃，只留一对大角在世间攒精神。老金摇头说这样才是最好的。我问起这东西的来历。老金说这东西就是从我们夏牧场得到的。你想象不到吧？但我可以肯定，这羊绝对不是我们这里的羊。这羊是外来的羊。那年有三只羚羊是外来的，但这只应该是独自来的。这是一只成年大公羊。

那它打哪儿来的？

这个不要紧,但以后你再也看不到了,当时我一开枪就后悔了,所以那只蓝翅膀的游隼我叫你不要打。

你是不是已经犯法了?

老金沉默不语。尼玛反驳:话不能这么说,犯罪的性质要看伤害程度,对着人那就是犯罪了。

保护野生动物,人人有责。我有点喝上头了,突然和尼玛较起劲儿来。

你也是罪犯。尼玛说:你马上就是。

但起码现在我不是。现在你们父子都是罪犯!

4

林子里开始有了闷热的感觉。老金激愤地怒吼一声。石头砸到车上的声音从对面绕着山梁扑过来,在这树林里穿梭时已经微不可闻。但老金听得清楚。老金一直用望远镜盯着,冷笑连连,然后再次痛苦地呻吟,咬牙切齿地说:这帮畜生!这帮混蛋!

他们居然把汽车点燃了。

我们继续往更高处走,出了这片树林再走一小块草甸,就到这脉山体的上半段。

我们不用再往上了,我们沿着草甸翻过山。他说。

我问他:你的打算是什么?

去有人的地方。一直往那边走,就有人家。

德格陇洼?

对。他说：他们很狂，我们惹不起。

惹不起我们躲得起。我说。

但我们没有走多久就停了下来，我俩同时看见了一些浅浅的脚印。

我知道他们为什么跟着我们了。他们的窝在那边。老金哈哈大笑：这下老天有眼了。

我敢打赌我们会比现在危险十倍。我说。

这就叫现世报。他们烧了我的车，马上我们就发现了他们的窝。这真是老天公平，要是不管我会倒霉的。

这是什么意思？他们的窝吗？

我已经找到了。只要发现了这个，我就已经找到了。他指着脚印说。

就在我们翻过山梁之际，那边连开三枪以示警告。他们加快速度在追赶。这时候老金真正的实力才开始用上，我也才明白他怀疑得有道理。我小跑起来，等下了山，穿过滩地，盘上对面的山坡时，我们之间的距离拉开了一公里。

老金在第二个山脊上停下来。

你说过不会拖后腿。老金休息得够够的，脸色很不友善。

我没想到你的速度这才真正发挥出来。

只有到了用的时候才用，不然是浪费。他说：你的身体素质比看上去差。

我也发现了。我说。

他点点头，转身下山。

我学着他的样子跨度很大地向下跳跃，仅两三次大腿两侧便出现抽筋的症状。我不得不慢下来，像个正常人一样下山。此时老金已经在半山腰了，他几乎一下子就到了那里。但我下山更慢了，刚才那几下子跳跃损害了我，大腿要抽筋的感觉一点没有消失，反而在快速聚集、酝酿着。如果我抽筋了，走不动了……于是我开始对自己特别狠起来，这招果然奏效了。我追上了他。他以一种兴奋到走了样的声音对我说：那牛粪圈，那牛粪圈里就有他们的窝，我都闻到味儿了……那种味儿……

他这会儿倒不急了。我们有公平的一段时间。他说。

我不知道你有没有想好撤退的办法。

我不是说过吗？

那会儿没有发现这里。

但现在也是那个办法。我们用这一招就足够了。

我相信他们追不上你，但我不是你。

你没有把自己的潜能逼出来。

我已经逼出来了，我刚才跑的时候就知道了。

那不是。你很快就会知道那不是。

跑向牛圈时我感觉不是很累，腿上的力量来得莫名其妙。于是我知道这就是我的潜能，我已经把自己最后的东西逼出来了。我追上他。

你看看，这是不是？

你根本不知道那是什么？只有真的出现了你才会明白。他说完，我们到了牛圈。牛圈是用牛粪垒起来的，一个传统而典型的做法。牛圈当中是一个低矮的半陷式土窝，顶棚凹陷。这是个废弃的窝子，被他们利用起来了。

老金一脚踹开，往里面瞅了瞅：东西不在里面。

然后他的目光扫描周围，很快锁定在牛圈的东北角。他冷笑着走过去。我注意到牛圈的四个角落没有任何差别。但老金说东西就在牛粪里面，然后他动手刨牛粪。我们刨出一个大窟窿，一个牛皮袋子拽出来了，里面还有一个。两个袋子装得鼓鼓囊囊，扎得结结实实。老金掂量掂量：这么多皮子，他们杀了多少？然后他拖着两个袋子走到窝子那里，叫我进窝子把点炉子的汽油拿出来。

你怎么知道有汽油？

就在门背后，快去。

门背后果然有一大可乐瓶的汽油。我赶紧拿出去给他。我踩在皮袋子上找他们的影子。他们已经很近了。

他把汽油倒在两个皮袋子上。

别倒别倒。我说。

他没理会，用打火机一点，袋子轰地蹿起火苗，很快有了肉烤焦的味道。

我埋怨道：我们应该把牛圈点着，这样他们就看不见我们。

你说得对。老金拖着点燃的袋子，扔到牛圈边上。我将剩下的汽油分三处倒在牛圈上，一一点燃。风干的牛粪迅速燃烧起来，上方的空气燃烧殆尽，出现扭曲的空间。浓烟和火苗遮挡住视线，双方谁也看不见谁。

这场面壮丽，我不由得笑起来。他有点恼羞成怒地瞪着我。我一停止笑便害怕，但怕得有理。是他害了我。我刚这样想子弹就打过来了。我的周围出现飕飕的风一样的声音。

老金瞬间矮下身子，震惊地看着我：你傻吗？快蹲下！

我又笑笑：他们在打盲枪。

他跑到牛圈门口又跑回来：他们来了。然后他再次站起来，枪已经端到胸前。他隔着烟火朝那边开了一枪后蹲下，又站起来……连着打出三枪。

牛圈中烟雾弥漫，笼盖在牛圈上面，犹如一个灰色的顶棚。牛圈各个地方的缝隙里都有白烟冒出来，丝丝缕缕地飘动、汇合。整面牛粪墙彻底燃烧了，火苗高高蹿起，牛圈里的温度飞速上升，我们退到没有点燃的一角，不断地咳嗽。

我盯着他：现在撤离还来得及。

不要走门，会被发现。我不是在责怪你，我是说我们一出去就会完蛋。老金码掉帽子，嘴唇发白地说：这是一帮狠人，真正的罪犯。

那我们真的该走了。

那些散开的烟雾灰掩护我们。我观察周围，一片开阔无遮拦。我将于枪口的注视下在死亡中奔跑。我感到兴奋、战栗。老金很高兴地说：你终于明白了，害怕是解决不了问题的，你越怕就越危险。

我被子弹打醒了。我说。

其实你说得没错，我是犯罪了，但不是今天。他说。

昨晚我喝糊涂了。我说。我感到抱歉，不该那样说他。但我确实喝醉了，而且不知道是怎么回家的。但从老金家里出来，顶着黑漆漆的夜空，踩着白亮亮的雪地穿过一片草场的那一段记忆犹新。雪地里全是野兔,横七竖八地跑动。我用手当枪,对着它们啪啪开枪。我想起离开前尼玛嘴角的狰狞和老金通红的脸膛上的严厉劲儿,于是就笑起来。

第二天清晨妻子说,你发酒疯,笑个不停。她非常到位地模仿了我的丑态,断定我是出尽了洋相才回家的。然后她说:你要去?

我去瞧瞧。

老金不是一个好东西。

他是个狡猾的人。

这谁都知道,他骗过很多人。

但谁也不恨他,也不埋怨他,也不针对他。

她一边穿衣服一边思考,有些诧异地说:真奇怪。

这是高明的做人做事的方法,我想学着点。我说:因为我感到自己还是不够聪明。

她默认了我的说法,走出卧室前转身:你会好好回来,对吧?

5

我满口答应了她。我认真地看着老金:所以我们一定要冲出去。而且你要把枪借给我,我要把那只野狐打死。

老金张着嘴,眼睛被烟熏得通红:我们翻墙离开。

火势越来越旺,多个庞大的、形态各异的烟雾团扩散开来,给我们提供了逃走的机会。

我们奔向远方，感受到轻快的力量。

当我们远离牛圈，远离熏烤，呼吸到清洁的空气，我反而感到窒息。因为我意识到刚刚听到的是真实的。我听见"夸嚓"一声模糊的回音缓慢地到来，和老金扑倒在地的声音一起消失。他挣扎着要爬起来的时候我停不下来，那么有力气地接着往前跑。是子弹把他撞倒的。老金说得对，子弹只有在碰到东西的时候，才最有力量。

我是一个牧马人

1

　　大通的马贩子把塔合勒拉走了。我把她送到砂路口,看着她混在一群形形色色大大小小的马群中渐行渐远,悲伤不已。我的泪水蓄满眼眶,我一把抹掉眼泪,睁大了眼睛,我期盼她回头看看我,可她没有回头。她不回头,是因为她难过,一个疼爱她的人,到头来却亲手把她送到马贩子的手上。她没有反抗,她仰头嘶鸣一声,悲切无比。她有十三个子女,一个赛一个棒。这些是我的财富和荣耀。谁不会眼馋和嫉妒在赛马场上出尽风头的火焰?谁又不会赞美她的那几个像她一样美丽健壮的女儿?她们都是草原的宠儿,是青天下的骄子。是她,是塔合勒用她的乳房和智慧建立起了这个大家庭。这一晃快二十年了,她瘦骨嶙峋,格外地老了。常常一站就是半天,不吃草,就那么站着,不知道在想什么。如果给自己一个心安的理由我会这么想:她厌世了,烦倦了,力不从心了,我送她离开,她不用回来,当然也就解脱了。我望着她模糊的背影又想,我不是没有良心,这样做真的是为她好,她一颗牙都没有了,与其活活饿死,还不如干脆地死去。少受一点罪多好啊!只要在她脑袋上轻轻地敲一下,什么痛苦也没有,她就解脱了。我相信她去的地方一定是天堂，那里需要像她这样优秀的马，她将成为那里的天使。她再也不用为子女的安危和冷暖操心了。她可以想干什么就干什么，可以活得无忧无虑。至于她留在世间的这些子女，我再也不想把他们其中的任何一个卖掉。我要和他们一起慢慢到老。

我恨透了马贩子。

2

今年秋天风吹得很大，天很蓝，草都枯黄了。山腰的灌木林的墨绿变得显眼起来，一打眼，仿佛是一扇展开在天边的扇子。门前的小河在清晨冻着冰碴子，自北向南流着。每天清晨牛都安静地卧在草丛里，太阳照在它们的身上，散发出浑厚的气息。

这些牛并不是我的，我什么也没有，除了我的马。

这些牛是达瓦的，我以一头牛每天两毛钱的价格赶来了他的五十头牛吃我的草场。狼害，病死和其他死亡我都不管。到来年三月，也就是六个月后，我会拿到九百块钱。另外的九百块已经给我了，但被我马上花了出去。去年我盖了一间小房子（我也终于有自己的房子了），还欠一千七百块没有还，人家催了几次。我整夜整夜地睡不着，思谋着怎么还钱。正好达瓦来找我，要租我一年的草场，但我肯定是不同意的，租了草场，我的马怎么办呀？我就只有这么一片草场。不过这倒让我想到了一个办法，我跟达瓦一说，他也同意了，于是我赶来了他的牛。

我用那九百块还了一半的债。王自忠真是一个好人，他知道我的难处，答应再宽限我一个月的时间。他走的时候说：要说我也可以到了明年再要，反正过了年地消融了我就会来，但我的老母亲病了，需要钱啊！他和我握手叫我多多想办法，无论如何，下次来就要全部的钱。

我自个儿难受地掉了一会儿眼泪，眼睛都肿了。第二天我骑着火焰去红坎沿找大通的马贩子，我知道他们在那里已经十儿天了，每天都做着与马有关的买卖。

我和他们进行了一会儿无谓的讨价还价。我饱含深情地回忆了塔合勒传奇的一生，我的述说完全真实，把他们震得目瞪口呆。他们根本不相信世间还会有如此令人钦佩叫绝的好马。他们死活不相信，数落我拿他们逗乐。真真是奇耻大辱，我觉得塔合勒被羞辱了，被打落到了地狱，仅凭人们呆板狭隘的思想，就让她万劫不复。我和他们就塔合勒下了赌注。我任凭他们去调查、去了解、去感受。假如我说的话有一句半句是假的，那么我就把塔合勒白送给他们，但如果我说的都是真的，那么他们就付出说好的价格多一倍的钱。我们叫来德高望重的旦得日，做了见证人。

在打赌的时候，我有了那么一丝的迟疑，觉得自己也开始在侮辱塔合勒了。她的高贵不容许玷污，我也不行，但我又一想，就当她为我和这个家做最后一点贡献吧。我根本不考虑会输。当然事实也是如此，几天以后，他们专程找上门来兑现赌注。我赢了,他们无话可说。我得到了两千四百块钱。

我恨透了马贩子。

3

塔合勒的第三个儿子火焰站在离铁丝网门口一根缰绳远的地方,他被拴在松木马柱上。如果他愿意,可以走出铁丝网,走到牧道里。牧道里有很多马粪和牛粪,都是路过的牛马留下的。他在朝我嘶鸣,那意思就是说,我要吃豆子,我要吃玉米!他是一匹跑得非常棒的家伙。一千米,三千米,五千米,一万米都能应付得很好。我每天都给他喂四斤的豆子和同样数量的玉米,分早晚两次喂,半夜里还加餐一次。我心情好的时候,会给他的夜宵里加两枚鸡蛋,但有时候我会忘了给他夜宵。我希望他一直都跑得好。他一直很努力,进步也很快。他是一匹好马!

火焰吃料用的料袋是我用泄了气的篮球做的。我把篮球切成两半,在切开的沿口缝了防水布,然后又将一条尼龙织的手指宽的带子揎在防水布的两端。这样,一个差不多有他的脑袋那么长的料袋就做好了。我正好做了两个。

我从屋旁竖立起来的木杆上取下料袋,装了豆子和玉米,拿过去之前,火焰叫喊了不下十几次。说实话他的嗓音特别难听,我从来没有在任何一个地方听见过类似的声音。那声音是独一份儿的。我每天都要听,被烦得要命。不过好在我爱他!

于是也渐渐地听得习惯了、顺耳了。哪一天我要听不到他的叫声，我就知道出事了，火焰一定是病了。我和火焰用这种默契的配合一起对付这几年越来越严重的马流感或其他的什么病，没有让任何一种疾病有机会在他的身上得到蔓延。在我的几匹马中，他是得病最少、最轻，好得最快的一匹。

我把料袋套在火焰的头上，他高兴地垂下头，将有些沉重的料袋支在地上。他嘎嘣嘎嘣地嚼磨着豆子和玉米。每当他在料袋里动起嘴巴时我就会受到感染，肚子里就会空荡荡地晃动，仿佛放置了好些气球，一个个地泄了。即便是我刚刚吃了饭也无济于事，我总得再去吃一次，哪怕只是吃很少的一点点，那也会让我感到舒服。

我从小屋里唯一的一个大约可以装百斤水或其他东西的塑料桶里拿出一块馍馍。这是我那出嫁已近十年的姐姐大老远给我带来的。她住在大曲陇，每个月过来两三次，每次都带一些吃的和用的东西。她有时候一个人骑马来，有时候和姐夫骑摩托车来。我的姐夫我至今叫他大庆，不叫他姐夫。他是一个木讷而内藏聪慧的人，但他常常酗酒，一醉好几天。在这一点上我看不起他，所以我更不愿意叫他姐夫。我似乎从来都没有考虑过我的行为会给姐姐难堪之类的事。

我就着从清晨开始就搭在炉子上烧了几个小时才沸腾的开水吃了几口馍馍。我一个人生活，所以一天只做一顿饭。我通常在中午做一顿饭，尽量多做一些，能够供我在晚上也吃得饱。这样我可以节省下做一顿饭的时间，用来干别的事。其实我也没有什么特别重要的事，我把多余出来的时间都用来写字了，我正在写一个故事。我每天写一张大白纸,持续了个把月。起初我打算读给所有认识的人听,后来打算只读给自己听,再后来……我觉得应该读给火焰、偶思、瓦日克和一支笔听。因为只有他们才会天天和我待在一起。每当在下午、午夜或者清晨,我在窗前写作的时候,火焰就来到窗前,他用厚厚的舌头舔玻璃,他把蹄子在草地上拍得啪啪作响。但有时候他也会安安静静地站在那里,用一种蠢蠢欲动的眼神盯着我的白纸看,他看铅笔在纸上滑动的优美;看遗留在白纸上的黑色的形状;看我不停地晃动的习惯。而他们几个会远远地朝我张望,摇着头晃着尾巴鼓励我。

我喜欢他们,喜欢他们不停地来到窗前。我从中得到了灵感,我在为他们写作。

4

我骑着火焰奔跑的时候就像是飞翔在云彩里。那时候他就是一匹有着翅膀的天马。而我是一个坐在翅膀上的傻瓜。

我有几个朋友,他们都叫我洛布傻瓜,傻瓜洛布。

他们当中,只有一个人听了一小段的故事。他说,你念得真好听。

我和火焰在傍晚出门,从外面关好铁丝网的门。火焰爱吃能发出磷火的死人骨头,我们就到那个深谷去。我们经过好几户人家,他们每个人都向我们打招呼。见到年纪大的,我就从火焰身上跳下来问好，那些不见得那么老的人我就懒得下来。主要原因是火焰长得太高了，我再骑上去很困难。我下来之前会看看那地方是否有那么几处凹凸不平的所在，我再次骑上火焰的时候用得着。

我不下来的时候，会匆匆地应付几句便走开。

我们要行走的路途刚好可以让火焰出一身汗。进深谷前的最后一个拐角，像一条舌头，牛或者马的舌头。站在舌尖的地方，可以观看到草原上点点滴滴闪闪烁烁的灯火，像燃烧的皮袄似的撒在各处。只要从舌尖上走下来，朝里跨几步，便再也看不到别的什么。眼前全是绿幽幽的跳动的小火点，它们忽远忽近、忽上忽下，我琢磨不透。只有火焰才知道它们真正的所在。火焰驮着我找磷火吃，他把骨头咬得脆嘣嘣的，十分动听，叫人陶醉。

我们一直待到深夜，直到火焰再也不想吃了，然后我和火焰费劲地翻过右边的山架，经过一段浅浅的湿地，再爬上一面山坡，来到大曲陇西面的山梁上。我们沿着脊梁朝南走，很快就来到姐姐家的后面山坡。虽然我看不见姐姐，但只要有时间，我每天晚上都会来。姐姐她从来不会发现，我也永远不会告诉她。我的姐姐是最疼爱我的人。她几乎每时每刻都在想念我，我波动的心思告诉我，她担心死我了。

她还在煞费苦心地张罗着我的婚事，期望着能找到一个愿意嫁给我，和我生活一辈子的女孩。自从我到了二十岁，在这件事上她花费了三年时间，今后将继续下去。她从来不在我的跟前提及在这件事上遇到的挫折和难过。她还装模作样地跟我说，事情大有希望，或哪个女孩正在考虑等等。其实我知道，没有一个女人会认为我好，会愿意和我在一起。她们对我缺乏足够的了解，更严重的是，她们根本不愿意过多地了解我，我甚至听到过一个小丫头片子当面对我说：我一看见你呆眉呆眼的样子就生气。

她还说了很多恶毒的话，叫我简直听不下去。

说这话的小丫头片子是我朋友的妹妹。我的那位朋友是少数几个还算了解我的人之一，他知道我胸怀壮志，有着强烈的责任心，因此想把妹妹嫁给我，但没有成功。我和他的友情也因此受到一些影响，主要是他觉得伤害了我。当然我也有气，我威胁他说：如果他那刻薄的妹妹再骂我，说我的坏话，我找个时间强奸她。

他被吓得不轻，他知道我干得出来。从此我再也没见过他的妹妹，连他也很少来找我了。这让我很遗憾，我只是说出了心里的想法，倒未必真的会那么干。我不想失去他这个朋友。

我在那道山梁上坐了很久，四周静得不可思议，仿佛置身于一个被凝固的物体当中。身体、思想、一丝念头以及欲望都被铸定住，如果想融开，需要一种感悟或者态度。草原上的花儿草儿、牛儿羊儿、马儿鹿儿，还有云疙瘩一样的蒙古包，这些东西争先恐后地出现在我的脑海之中，又快速地逝去……接着再次出现……

我唯独没有看见一个人和这些东西在一起。

我想，也许是我的缘故。接着，我仿佛做起梦来。

我和火焰追着一头鹰，一直追到雪山脚下，那头鹰在我们的头顶盘啊旋啊几圈之后穿进一片白色的光芒中后不见了。我累得在草地上睡去。夜里的风呜呜地响，月亮洁净地跳了出来。

大片大片的星星突然地出现在墨色的天空，它们成群结队地在一起。草原比白天更加空旷幽远了。草原仿佛永远都不会有尽头，寂静而又清澈。

这时候，我站起来，夜色如同流水一样散开。

我牵着火焰跌跌撞撞地回家去。天快亮了，星星一片一片淡出泛蓝的天幕之后。遥远的天际青乌乌地变动，一层一层白净起来。火焰的眼睛、嘴唇上沾着露水。他踩着我的脚印甩着尾巴，响鼻打得呼噜噜响。他在跟我说他饿了，想吃豆子了。火焰他永远是那么的可爱，他保留着塔合勒好多优点。我想塔合勒的时候，就不停地和火焰说话，他也不停地用脑袋亲昵我。塔合勒走了许久，我已不再那么想她。

5

转眼而至的这个夏天，我没有去夏牧场。我留了下来，每天骑着火焰溜达一圈，早晚给他们饮水。一支笔快要产崽了。她原本不应该在这个年龄当阿妈，她还不到三岁，就算她到八月份才生下小马驹，那也离整三岁差着足足四个月。但她还是这么做了，是去年夏末怀的孕。我想，她可能是自愿的。我现在担心她能不能安全生下来。我一直在精心地照料她。

我用剩下的时间写小说，这是我留下来的最主要的原因。

从七月初，所有在曲陇的人家在两天之内都搬完了，只剩下我一个人和几匹马。世界突然间安静下来，我就在这种安宁中写着小说。到了七月末,我写了一篇中篇小说。我去了镇上,吃了一顿午饭,看了一会儿手机促销活动,去超市选购了几本方格纸和铅笔,以及一盒用来在心血来潮时乱画的水彩笔。我去了邮局,用挂号把稿子寄出去。然后,我去了两个小书店,分别买了三本和一本书:《马克·吐温短篇小说精选》《拜伦诗选》《泰戈尔诗选》和《冷山》。我开始尝试着欣赏诗歌。

回去的路上,我把摩托停在路边,喝了买的一扎啤酒中的两瓶,读了十几页《冷山》。我喜欢这本书,向作者查尔斯·弗雷泽致敬。

我赶在雷雨之前回到家,然后一直躺在床上看《冷山》到傍晚,雨过天晴,一道巨大的彩虹悬挂在窗前,色彩斑斓。

我吃了买回来的蛋糕,蛋糕很大,是我用一个装面包的大纸盒子绑在摩托车的载重盘上带回来的。我一边看书一边用勺子吃着蛋糕,《冷山》看到了第二章,标题为:手掌下面的土地。讲述的是英曼和土地的关系,他伤没好就从医院跑出来,穿山越岭地回家。这让我联想到我独自在草原上穿梭的经历。蛋糕还剩下三分之二,火焰他们一直在窗前注视着我和蛋糕,无疑他们是想尝尝的。我把蛋糕拿出去,在每张嘴里塞了一大块。他们目含深情,吃得津津有味。我又把残余的都分给他们,他们连鼻孔口的残留都不放过,用舌头舔到嘴里去了。

天黑了,我坐到窗子下的那张乳白色的方桌前,将买来的稿纸放好,把铅笔削得尖尖的,我开始写一个新的故事。我不知道该怎么写,写什么。我根本没想好,但我愿意乱写。这样时间过得很快,到了深夜,我惊讶地发现我已经写出来很多了。我不管它好不好。我搁下笔,到外面去。火焰站在马柱子前,他以为和往常一样我会带他去吃磷火。"兄弟，"我说，"兄弟，今晚不去了，我有事。"

火焰冷不丁地抬起前蹄向前刨，差一点砸到我的身上。原来是我会错了意，他是来吃夜里的那顿夜宵的。不过他不乖，居然想拿蹄子打我，我没理他，重新回到屋里，泡了一包方便面，吃了就睡。

我朦朦胧胧地听见雨点在墙上敲打。

6

一支笔在深夏的一天夜里突然怪叫不断，她似乎惶恐极了。当时我正沉湎于写作的快乐中，直到她叫着来到我的窗前，拿发青的嘴唇触碰玻璃，我才站起来。我知道她要生了，她流着泪，眼里满是对未知的恐惧。我虽然从来没有接生过马驹，但也知道和牛羊差不离，因此并没有多担心。我将她牵到门前的平坦处，门口挂上了手电筒，照亮了她和我，以及她湿漉漉的后身。我费了全身的力气将她扳倒在地，抚摸着她的脑袋安慰她，告诉她不要害怕，一切都有我在，断不会让她死去。同时我告诉她，这就是过早贪欲的结果。

她一直泪流不止。

她挣扎了半个夜晚，到天快亮的时候，总算露出了一个小脑袋，接着是两条前腿，但是到前肩时卡住了，她再怎么努力也无济于事，她痛得直瞪大眼珠子。我赤膊上阵，蹬着她的大腿使劲儿地拽小马驹的脑袋和前腿,一支笔疼得沙哑地惨叫连连。火焰他们惊恐地站在远处,不敢近前来。也许是后来火焰他们猛然地齐声呼喊赋予了一支笔莫大的力量,也许是她感受到了自己孩子生命的不断流逝,总之她抬起头,瞪着无限大的不服气的眼睛,露出齐刷刷的大白牙,然后一仰头,那个小马驹就滚落下来……滚到她的尾尖,颤动在黑色的长长的丝带般的尾巴上。一支笔颤颤巍巍地起来,她顾不上别的,伸着粉嫩的无限深情的舌头舔舐她的孩子。噗的一声,小马驹破开身上那层透明的膜,他尝试着站立,而且很快用四只细小的腿把自己支起来,然后立刻开始碰碰撞撞地寻找可以吃奶的地方,寻找本命中应该寻找的地方,寻找世界上唯一的无风地带。

小马驹漂亮非凡,它一生下来就显得高大,浑身上下红得像火日。于是我当场给它起名叫"乌兰撒日"。她长得和年轻时的塔合勒简直一模一样,于是我突然间发现,居然是塔合勒又回来了。她又回到了我的身边。于是我又给她改名塔合勒。

到了下午时分,一支笔领着塔合勒走向草地深处,和她形影不离的偶思及瓦日克也紧紧地跟着离去,只留下火焰。他垂着硕大的头颅,故作深沉地思考。其实我知道他是在我的面前装模作样,目的就是想我对他的作为感兴趣,然后突发善心地给他那么满满的一料豆子。他想得美,我才不会上当。我回到小屋里,睡了一觉,当傍晚的霞光照耀着我青色的小屋,千万条彩线系住了碧绿草原,那些静止的山峦缓缓开始移动时,我再次整装待发,带着我的火焰去那深深的山谷,去看看那不变的夜晚,以及永远不会看见我的姐姐。

德州商店

1

　　黄天白日说的是一种极为少见的天气。东周对罗布藏说："老子那时候常在你赛马的地方玩摔跤。那一年连着三天都是那种天气,把我的脸都刮干了。到了第二年,自然灾害就来了。对了,也就是你阿妈过来的那一年。"

　　"我阿妈?"罗布藏说,"你说的是我阿妈嫁过来的那一年?"

　　"对啊,就是那一年,我们的牛死得差不多了,要不是你大姨家的草场,牛可真的会死光的。"

　　"她们家牛好多啊。她们家到底有多少亩草场?"罗布藏不无嫉妒地说,"我们家要是有那么多草场说不定牛群更大。"

　　"你以为那些草场是怎么回事?那是当年多要了五个人份的草场,她一直没有交税,我都不知道她是怎么做到的。"东周醉醺醺地骑上马,示意儿子该走了。他们的羊群火急火燎地翻过前面的第三个垭口,到盖德日的滩地里添盐土去了。

　　"后来国家把税收一免,他们家就发达了。"

　　罗布藏遗憾地点点头,也骑上自己的秃尾巴枣溜马,爷俩兄弟似的聊着天追赶羊群,时不时从怀里掏出酒瓶对着嘴喝一口,老子喝完传给儿子,儿子喝过再递给老子。"那你怎么不多

德州商店 ｜ 065

要一点草场?"罗布藏说:"人家那是有远见。"

"你这是在怪我喽?"

"没有。我没有。"他说。

一场雷雨过后,两人湿漉漉地赶到德州商店。他们将羊群赶进贝子空荡荡的羊圈。坐在店里,罗布藏跟贝子要一片"去痛片"。贝子说喝了酒可不能吃那东西。

"没事,我一喝酒就必须吃那东西。"罗布藏喝着茶说,"你给我两片吧。"

贝子把药箱拿来,取了两片给他:"泡个方便面后再吃药。这壶水刚开了。"

罗布藏说:"好。"

他泡了两桶方便面,剥了咸蛋和两根火腿肠放进去,又拿了一盒延安牌的香烟。

阿爸已经醉了。他的酒量随着年龄的上升朝反方向滑去,一年不如一年。以前,记得爷儿俩第一次喝酒较量时罗布藏完全不是对手,被阿爸三两下放倒,阿爸意犹未尽,还要自个儿串人家接着醉生梦死去。这么快就过去八年了。很多事情没怎么明白就糊里糊涂地糊弄过去了……这些不顶事的感慨只有喝了酒才会不受控制地跑出来,而平时,他自以为是个干脆利落的人。

"阿爸,"他说,"吃了面赶紧走吧,后面还有一场雨呢。"他说到雨,难受地扭捏一下身子,里里外外全湿透了,他觉得裤裆里的那一坨尤其难受,他掏了掏,说:"阿爸,你不要睡。"

东周一下子坐起来,"我眯了一会儿,昨晚上我们几点睡的,怎么这么瞌睡?"

"你根本就没睡。"罗布藏把泡好的面推给他。自己也坐下,稀里哗啦地吃起来。红旺旺的汤也喝了几口,难得不头疼了,他瞧了一眼撅着屁股放老鼠粘的贝子,把两片药扔进方便面残汤里。

"贝子,再拿几包康师傅方便面。"

"你自己拿上。"贝子拍打着裤子上的黄土说,"你前面还有一个账没清。"

"什么账?"

"是一箱饮料,你剪羊毛那天赊的。"

"哦。"罗布藏说,"可是我今天没带那么多钱,我搬账房的时候带多了钱就会丢,所以我不带钱。今天的多少钱?"

"那你什么时候有空了拿来也行。"贝子说,"你阿爸今天喝了不少哇。"

"昨天去换马,喝得太多了。现在'白一点'到我手里了。"

"嗯?"贝子惊讶地问道,"不是在巴恒手里吗?"

"哈哈,他干不转。"罗布藏得意地说。

贝子感叹着说:"'白一点'是一匹好马,可没少给我们村里争光啊!"

"就是。去年州庆上五千米是第二名,但我觉得它可以得第一的,巴恒找的那个骑手不行。你看了没,他在第三圈的时候就开始用鞭子了,太早了。而且他在弯道的时候根本不配合'白一点',他还不让'白一点'换气,真是一个烂到家的骑手。"

"如果真的那么烂怎么会成了骑手,我可是听说他被收买了。我认为是真的,因为后来好几次他都在骑同宝山得拉的马,他就是州庆第一名啊。"

罗布藏气咻咻地破口大骂,骂了得拉,又骂巴恒。

"现在'白一点'到了我手里,我可不会让它受委屈,啥时候比赛了你瞧好吧,我不会让'白一点'输的。"

"确实不能让它输。它不会输的,它的根子好。"贝子说。

"你说它阿爸?那更厉害的,我阿爸说那是一个传奇。"

"妥妥的爷俩,你看它们多像。"

2

但搬到秋牧场海日克没过三天,"白一点"病了。罗布藏二次来到德州商店,麻烦贝子开银色面包车去县上接马兽医。一路上他忧心忡忡,没怎么注意车里面充斥着一股吃饲料的黄牛特有的屎尿味,直到过了红垭豁他的鼻子一酸,才闻到了。他先是给贝子递烟的时候被他身上的味道熏了一下,然后整个鼻腔和肺腑里都被这种令人作呕的气味占据。他赶忙点了烟,狠狠地吸了几口。为了转移注意力他说道:"奇怪了,前天还好好的,又是吃草又是撒欢的,一下子就病了,我看它是感冒了。"

贝子戴着一副很厚的白手套,掌心一片焦黄,看着像牛粪的颜色,罗布藏感觉从手套上散发出的味道是最厉害的。他把头扭向车窗。这辆破车即使在这么平展的柏油马路上也丁零当嘟响得让人头疼。他不得不大声说话:"你说是感冒吗?"

"我不清楚。"贝子也大声说,"要是牛的话我还能蒙两下子,马我一点都不成。我已经十几年没有养马了。"

"我觉得挂一个吊针就会好了。"

"你的邻居怎么说?"

"格日勒吗,我没问。阿爸说那个球就是一个骗子。"

贝子兴致勃勃地说:"哦,你阿爸这样说了?他还怎么说?"

"哦,他说格日勒能当兽医,全是老天爷的错,他已经害死了好几匹马了,可怜那些人还那么相信他。"

"也不能这样说,他还是有一点本事的,他也治好了不少。"贝子一脸公平的样子。

"我也这样说的。"罗布藏笑笑,"但说实话,我现在也不怎么信任他,不然也不用去请马兽医了。格日勒太年轻,不像一个好兽医,看上去还癫癫慌慌的。"

"他才不年轻,你妈嫁过来的时候,他正是一个惹祸的小伙子。"贝子眉飞色舞地开心极了,"你打过他吗?"

罗布藏奇怪地说:"我无缘无故打他干吗?"

"那你骂过他吗?"

"那当然,有一次他居然骑着马在我的羊群里追着打一只羊,被我骂美了。"

贝子拍着方向盘哈哈大笑,笑得畅快淋漓。

"你这是干吗?"罗布藏不解地看着他。

贝子笑得更欢了,却是摇头不语。

3

马兽医的声音只有在他的身子摇晃的时候才会变得正常，不然他会发出一种类似于小狗的呜嘤的喘息。据他自个儿说是因为早年间得过一种病：晚上没法睡觉，一旦睡着了就被噎住，不能呼吸，直到醒来。

"我可能有一天会在睡梦里被憋死。"醒来后大口大口地呼吸，久而久之，变成现在这个样子。马兽医在店门口给一只很雄伟的红头红脖子的欧拉种羊挂吊针。这只公羊的犄角旋转着向两边伸展，每边的犄角都差不多有一米长。身板又高又长，脖子上下的红毛像钢丝一样竖立起来。罗布藏看得眼睛发亮，说："马兽医，这个好羊是谁的？"

马兽医将公羊往水泥杆子上紧紧地铐起来，一边伸手摸索着羊脖子上的血管，一边说："不知道。昨晚三更半夜的时候有人喊，说把羊留下了。我在楼上啥都没看见。"

罗布藏帮忙把药水瓶子挂到头顶的铁钩搭上。马兽医捏着针头的左手在羊脖子上轻轻一挑，血便从针座冒出来，他把软管那头塞进针座，将控制滴速的开关推到最大，药水冲进血管里。羊静静地站着，琥珀色的眼睛毫无神色。

"这个速度是不是太快了？"罗布藏觉得这羊说不定下一刻就会晕倒。

马兽医起身："没事。畜生嘛，还能怎么着？你来有啥事？"

"我的马病了。"

"啥情况？"

"不吃料了。"

"吃坏了吧，拉稀吗？嘴上有沫沫吗？"

"一点也不拉肚子，嘴也好好的。"

他们站在羊旁边，抽着烟，等着。贝子和马兽医讨论这是他第几次来接他了。除了罗布藏，还有很多人都用贝子的面包车接马兽医来看病，因为有汽车的人太少了。但即便有汽车的人也不大愿意用自己的车接送马兽医，因为他和贝子一样身上总有一股子怪味。那是一种渗透性极强的怪味，没人愿意自己的车里有那样的味道。只有贝子不在乎（他肯定不在乎），他接送马兽医着实赚了不少钱。本来马兽医自个儿也有车，那是一辆二手皮卡。但让人傻眼的是皮卡车永远在路上，永远到不了目的地，它一旦动弹就必定抛锚，必定让马兽医既损失钱财又浪费时间，还会丢掉客户甚至引发矛盾。所以他坚持开了半年后就再也不动它了。这样一来，贝子的面包车生意就更好了，他着实赚了不少。

药水滴完了，马兽医拔掉针，跟老婆兼助手说了一声，如果羊主人来了，就要三十块钱，然后提着药箱跟着他们上了面包车。

在车里马兽医才有工夫舒舒服服地抽一支烟。刚才在自己店里他很正经地没有抽烟。他只有背着老婆的时候才抽烟。

路上贝子重新拾起关于格日勒的话题。

"罗布藏说他把格日勒骂美了。"他满是疙瘩的脸上焕发出惊人的光彩，眼睛里的笑意怎么也抑制不住地往外冒。

马兽医把身子从他们中间探出来："嚯，还有这事？"他看着罗布藏近在咫尺的大脸说："难道格日勒没还嘴？"

"说了，但他哪是我的对手。被我骂美了。"

贝子和马兽医相视，随即乐不可支地哈哈大笑。马兽医说："好啊，骂得好。以后你还要多多地骂。"

"对对，最好骂得他知道自己的罪过。"贝子附和着说。

"他的罪过可不小。"罗布藏说，"有些人被坑惨了。"

"你也被坑惨了。"

"我？我倒还行，他没占到什么便宜。"

"没占便宜？"贝子和马兽医再次笑得上气不接下气。

"你们什么意思？"罗布藏恼怒地瞪着他们。

"没啥没啥。"马兽医乐呵呵地瞧着罗布藏，好像非常满意的样子，"难道你就没有发现些什么吗？"

"什么？"

"你和格日勒长得很像啊，很像……兄弟。"

"兄弟？"贝子一怔，"对对，就是像兄弟。"

马兽医说："下次你可以问问他，问他你们像不像兄弟。"

罗布藏说好啊。

4

罗布藏的秋牧场在海日克草原的一条叫小曲陇的山谷的最深处，再朝里面走一点，绵延的山脚下有一条年深日久的土路。

据说是当年马步芳的兵弄出来的。这条路可以通往县城，另一头接通五条沙砾路，这些路可都是新修的，所以原始的那条具体去往何处众说纷纭。罗布藏觉得应该是去向祁连的。祁连是好地方，所以应该有这样一条隐蔽在大山里的简易道路以防万一。他的草场距离这条路两公里，很近。草场前面那条水沟上的管桥早在修好的第一年就被洪水冲毁，有一半深埋在淤泥里，根本用不上。每次搬家的货车进出都是一件十分头痛的事情，因为每年都要重新修整出一座能够让货车过去的石桥来，那绝对是一个苦力活。通常，转场到来的那一天要花两三个小时在这件事情上。但今年他爷俩喝多了，来得晚了，没想到阿妈和妻子干得不错，甚至比他们做得更好。这让罗布藏有点难为情，又有些羞怒。往年他爷俩干的时候，她们的任务是搬运石头，阿爸从来不让她们往沟渠里摆弄石头，认为她们放不好，会塌陷。但事实证明，她们摆放的石头更牢固。搬账房的货车一点事没有地驶进驶出，而贝子的面包车更是轻松地过去了。"白一点"拴在帐篷前面三十米远的钢管上。这根将近三米长的钢管是冬牧场修理公共水管道的时候被挖掘机刨出来的。罗布藏先下手为强抢到手，钉一米到地里去，成了一个结实的拴马桩。现在，钢管外在的部分从上到下被马缰绳摩擦得光滑可鉴。"白一点"绷直了缰绳，绕着钢管一圈一圈地走动。它额头正中央的三角形白斑上沾有一片泥土，把三分之二的白斑染黄了，两耳之间垂下来的刘海上也有一些泥土，它的身上也有。它肯定是在某个土坎沿里打了几个滚。"白一点"是一匹黑马，除了额头的白斑，浑身上下再没有一点杂色。由于身体不适，它紧紧

德州商店 | 073

地夹着尾巴,不再像往日那样嗫瑟地翘着尾巴跳踢踏舞。它连往日的一半精力都没有。罗布藏心疼地给它打上三脚马拌,从马笼头根部紧紧抓住,不让它动弹。马兽医和迎面而来的东周握手,寒暄几句。他开始打量"白一点"。"白一点"认生,躲着马兽医,或者是从他身上闻到了不一样的味道。刚和罗布藏相处那会儿"白一点"时常会展现出一种骄傲的强力,以期征服罗布藏。他也进行过适当的反抗,然后顺水推舟地接受了。不去比赛和训练的日常生活中,"白一点"才是"主",罗布藏心甘情愿地成为"仆"。他们配合得相当默契。这次生病纯属意外,连"白一点"自己都十分不解,不明白怎么好好的生病了。所以它在生气,一副生人勿近的样子。马兽医连着转了几个圈都没能摸到它的嘴唇和耳朵。最后还是罗布藏帮忙把它的眼睛捂住才让马兽医得以近距离观察。

"这个是马流感好了之后重新犯病的征兆。"马兽医肯定地说。他打开药箱,用五十毫升的注射器把一满瓶盐水抽掉两针管,将整整三盒五支装的十毫升名字怪异的药水注射进盐水瓶子里。

"不来一个'头孢'吗?"罗布藏用自己的黑皮夹克盖住"白一点"的头,他抱着它的大头颅。

"还要打别的,但我没带。"

"那怎么办?"

"明天打。今天就这一瓶吧。"马兽医摸索血管的手法独具一格,他人难以模仿,他从来不用手指去触摸血管,更不会用手指摁压血管来试探。他将整个手掌覆盖到马脖子上,食指和中指分开一点，针头就从两指的缝隙中戳进去，也没见他怎么用力，针头却轻而易举地刺进厚实的皮肉，扎进血管里了。"白一点"的血欢快地从针头钻出来，顺着毛发掉入草里。马兽医右手的食指和拇指捏着针头，专注地盯着血，好一会儿后他才把软管接到针头上。

"血有点稠。"他说。

"不打紧吧？"

"放心，我有数。"

罗布藏左手高高举着药水瓶，一会儿便酸得坚持不住了，他叫了一声。东周撇下贝子走过来，接过药水瓶举着。他很客气地让马兽医进屋去喝茶坐一会儿。马兽医笑嘻嘻地看着罗布藏，说没事没事。

"白一点"连着打了三天针，好了。罗布藏付给马兽医的医药费车马费一共是二百八十块。在为什么要车马费这件事上，马兽医说他来这么远出诊，既耽搁时间又耽搁别的生意，所以车马费是必须付的。但问题在于罗布藏还要给贝子另外一笔车马费，三天来回接送马兽医，贝子要罗布藏二百块钱一点也不贵，因为这里面还包括他一个大男人的"跑腿费"呢。这些看上去都是合理的，但罗布藏就是有一种上当受骗的难受小情绪。好在是给"白一点"治病花的钱，他痛痛快快地付了钱，他甚至得意于自己对"白一点"的慷慨，觉得不会再有对它更好的人了。"白一点"的病好了以后，正常的训练也接着开始了，他们每天都在小曲陇的一条小道上跑个几公里，时快时慢。最后三分之一的路段罗布藏会让"白一点"自由奔跑，它会按照自个儿的性子猛冲过去，直到固定的终点停下来。但这几天的训练罗布藏不让它跑，它大病初愈，还是一步步来更稳妥。他骑着"白一点"小跑之际，脑子里倏忽闪过一个怪怪的念头：贝子和马兽医说的话到底啥意思呢？他听出来了，他们实际上是在嘲笑他，当时他装作没懂。他真不知道他们到底什么意思。

5

　　罗布藏说服自己关注一下这事。一连三天，他练完"白一点"就骑着摩托车翻过那卡诺登垭口，到315国道边的德州商店去待着。他什么事也没有。到了秋天，他有的是时间，他甚至可以夜不归宿。他妻子什么也不会说，什么也不会问。她长相不错，在披着头发的时候，有一张漂亮的瓜子脸。她嫁过来之后，一年比一年瘦，因此瓜子脸也一年比一年标准了。她是一个凡事都刻意追求简单的好女人。因为习惯使然，久而久之，她对世上大部分人和事都没有了关注的兴趣，她将这份精力投入到自己感兴趣的事情上。譬如，她一直以来都在搞理财。她把自己能够得到的每一块钱全部买了一份基金，每天清晨八点一过，第一件事就是打开手机，查看收益。她还把罗布藏的一些闲钱也都要走了（她就这点要求）。罗布藏不懂理财的事，不过他知道她已经投资了三千块，但收益有多少她不肯透露。不过时间一长，罗布藏大概能从她的精神状态中有所把握，她的心情越来越显著地和利益的浮动挂钩了，收益好她就高兴，干什么都心甘情愿，反之亦然。所以，罗布藏可以按照她的心情安排一些事情。他渐渐觉得，一个女人要是有了自己喜欢的事业，对其男人而言是一种难得的成功，因为再也没有比这更惬意的生活了。在夏牧场，在博让峰南麓的三户人家中，他是最幸福的男人。罗布藏现在打自己小算盘的功夫炉火纯青，简直可以说自由自在了。他们小两口子的感情因为都有各自的事情要做而稳固得不可思议，所谓的争吵居然一次也没发生过。有时候听着别人抱怨婚姻带来的崩溃和灾难，罗布藏竟会荒唐地产生一种向往的错觉，他鬼使神差地吵了一两次，却极其狼狈地败下阵来。这就让他觉得自己的婚姻是上天已经判定好的，他无权也无能力更改。所以当再次有人酒醉之后拉着他絮絮叨叨地说起自己不幸的婚姻时，罗布藏破天荒地第一次对这样的男人产生了厌烦之情，他果断地挣开手臂，想离开。

"难道你以为就是我不幸吗？"已经醉得一塌糊涂的贝子瞪着他说道，"你知道自己什么呀？你什么也不知道。你那个老子也什么都不知道。"

"你找揍，皮痒了？"

"不是我，是你这个傻子。"贝子努力振作精神，义正词严地说，"我实在看不下去你这么傻傻地活着。"

"你到底要说什么？"罗布藏说，"你以为我什么都不知道？你说吧，我倒要听听。"

"我要是说了，就是一个嘴不好的人，而且我还是一个男人。"

"那你就压根不要说。你已经是一个那样的男人了。"

"我不是。"贝子说,"我是因为可怜你……"

"我用得着你来可怜?你算什么?"

贝子东倒西歪了一阵子,看着罗布藏开心地笑了:"你要是一直这么……我就服你。"

罗布藏被贝子重新拉回到椅子上,这次他们调换了个位置。贝子背对着商店的门坐着,没看见从县城看孙女回来的妻子。他以为是来买东西的人,大大咧咧地说,要什么东西自己进去拿,我今天喝醉了……

她进入厨房前冷酷又嫌弃地瞅了贝子一眼,他立刻站起来,大声呵斥怎么才回来。"我连中午饭都没吃。"他说,然后才想起来更重要的事,"我的那个乖乖宝贝怎么样?你说了我想她了吗?"

但她已经进去了,没回答他。

"我那孙女是个宝贝,可惜现在非得要上幼儿园去了。"他对罗布藏说。

"那是。"罗布藏说,"我们还是说我们的事吧,你现在可以说出来,我知道……"

贝子闻言破天荒地强硬起来,他身子往椅背上一靠,斜着眼珠说:"你知道?你不知天高地厚……"

"说吧。"罗布藏打断他的话,"你最好快说。"

贝子轻蔑地一仰脖子,露出早年被马缰绳勒过的那个可怕的痕迹。有人说这是他自杀的结果,罗布藏觉得以他的性格不太可能,自杀的都是傻人。贝子虽然懦弱,但很聪明,更惜命。

罗布藏的眼睛不由自主地盯着那条狰狞的仿佛熟透了的线痕，喉结不受控地上下滑动了几下。

"我凭什么？我今天不说。"

贝子被他妻子拉进里屋睡觉了。这个女人魁梧的身躯压迫得罗布藏唯唯诺诺，一句话不敢多说。

6

"白一点"的死是罗布藏自出生以来最悲痛的事件，甚至是永远的悲痛。

"白一点"几乎就是罗布藏征服和快感的来源和寄托，它没了，他差点儿疯了。

几日来他开口的第一句话是："我永远不要再养马了。"

东周理解他："活着的还是要活着……还有好马，我们的马群里今年的四匹马驹多好……"

这天的东周又是醉醺醺的，"白一点"勾起了他的回忆："我的那个黑枣溜啊，把我折磨的呀……它把你爷爷给我的银雕马鞍摔了个稀巴烂，你爷爷知道后，整整抽了我六鞭子……六鞭子……"

罗布藏再次翻过那卡诺登垭口来到德州商店，强迫贝子开车一起去县城。贝子害怕罗布藏通红的眼睛，不敢与其对视，但他还是说："你这是干吗，这是何苦？"

"如果有人谋杀了你的亲人你会怎么做？"罗布藏平静地说。

"'白一点'是好了的。你还训练它。"

"他保证说已经好了,可实际呢?"罗布藏摁住前面吹热气的风口,他觉得自己的手十足的冰冷,冷到骨头都像是结冰了。"它根本就没好,一切都是暂时的,都是假的。他骗了我。他害死了它。"

贝子觉得不能再说什么,他很忧郁地叹息一声,将车停在"同宝兽医店"门口,下车喊了一声。

马兽医从二楼起居室窗户探出头来。"又怎么啦?"说着离开了窗户,不一会儿出现在门口。

"'白一点'怎么还没好?"罗布藏说。

"不可能,它好得透透的。"

"没好,它倒是死得透透的了。"

"死了?不可能。它怎么死的,你做了什么?"

罗布藏第一次好好打量这个店面,太小了,只有两个白色的药柜,里面到底有什么东西?而玻璃的药柜也只有一组,里面空空荡荡的,仿佛风在欢快地跑来跑去。这样的兽医店还能取得牧民的信任实在古怪。他是怎么做到的?

"你的药呢?"他指指药柜,"怎么什么都没有?"

"这你不要管,我的药在该在的地方,这里放着有什么用?我是兽医,不是百货铺。"马兽医说。

"你把我的'白一点'弄死了。"罗布藏说,"你的保证就是这个?"

"你是来问罪的。我知道了。"

"你了解'白一点'辉煌的生平吗?你应该用心看病。"罗布藏想坐下,但这里一张椅子都没有。这真是一个简陋到可怕的兽医店。他却用这么简单的工具做了那么多可怕的事。

"现在除了自己的经验,谁都不可相信。"东周面对日益泛滥的牲畜疾病表达了这样的观点,果然是对的。

"我对它们的生平没兴趣。"马兽医重重咬在"生平"两个字上,讥讽地说道,"我不在乎。"

罗布藏盯着穿白大褂的这个矮个子男人,不明白他一而再再而三地激怒他是什么意思。他没有接他的话茬。他接着观察,然后盯着楼梯口。站在那里的那个女人大大咧咧地与他对视。她穿着一件很薄的黑色毛衣,大概是因为里面什么也没有,她的乳头把毛衣顶出两个清晰的痕迹。她再下一个台阶的时候毛衣里面晃晃悠悠的。罗布藏不由自主地看了片刻,就十分羞愧地闪开眼睛。他尴尬地转过身,凝视马兽医沉吟不语。

"你不会真的是来问罪的吧?"马兽医走到他前面,抓了一把他的手臂。"'白一点'是真的好了,它死得蹊跷,可能是什么急性病,要不我去看看?弄清楚了好。"

"这样也好。罗布藏你没埋掉吧?"贝子说。

"你想推脱责任?"罗布藏无辜地看着马兽医说。

"我有什么责任?"

"如果一个医生把病人治死了,你说他有责任吗?"

"你要这么说就是胡搅蛮缠了罗布藏,我们打交道多少年了?从你父亲开始多少年了?到底是怎么一回事你心里没有数么?"

"别说我父亲,他更生气。你的医术⋯⋯"

"他生气是对的,但他不应该生我的气,他应该生自己的气。他连个——"

"马兽医,我看还是研究一下'白一点'真正的死因吧。"贝子打断他的话,他知道马兽医接下来要说什么,但他还是说了。

"你爸爸,你那个爸爸。他知道你是谁吗?他如果不知道,那他就要好好骂骂自己有多么糊涂了。"马兽医把手拿回来放进大褂口袋里,正儿八经地说道:"你回去问问他,到底知不知道。"

"我什么事?我的事你也管?你的事是'白一点'的事,就是今天的事。"

"小子,你连你爸爸是谁都不知道,还有心思管别的?"

罗布藏听他说出来,心口一松,便得意地眯起眼睛。

马兽医接着说:"你还是回去搞清楚谁是你爸爸再说吧。"

"说得好像你知道我爸爸是谁似的。"

"我当然知道,也就你不知道。其他人都知道,你问问贝子。"

贝子连忙掏出一支烟点上,皱着眉吸着。

"说吧,你不是差点说出来了吗?"罗布藏说。

贝子沉默着。马兽医不屑地说:"我说,这有什么难的?难道让他知道不好吗?干吗像哄傻子一样哄他?"

"这事说不准……"贝子唯唯诺诺地说。

"怎么不准?"马兽医看着罗布藏,"你难道就不知道自己和东周长得一点都不像?你和谁长得像?"

罗布藏的脑子里马上出现了上次他们说的那个人，这个邻居和他有八分相似。他一年当中最热的那三个月就是和这个邻居天天见面的，后来不知怎么的就常常想念他了，因为他虽然不是一个很好的兽医，却是一个极为风趣的人。罗布藏又想到东周，每年和格日勒喝好几顿酒，他是不是看着格日勒的脸有种非同一般的感觉？可是他什么异样都没有表现过，什么都没有。东周和格日勒在他所知的情况下没有发生过任何过分的事情，没有争吵、没有斗殴、没有辱骂。即使在那个令人印象深刻的热昏昏臭烘烘的夏日里也没有什么别的情绪。尽管那天他们不欢而散，甚至几天都没有说话，但他们只是这样，后来就自然而然和好了。那天他打得一只羊吐了血，然后挣扎着要死。他在羊咽下最后一口气之前跟上了刀子，把血放出来。那是夏天的羊，当然是有膘的，所以不能让它死掉，死掉的肉根本不好吃，而且还有一股怎么也除不去的死味。那种味道会让你很容易联想到你的死亡。剥了皮子后他发现肺子被打穿了，真是一个奇迹。怎么可能？格日勒一边啧啧称奇，一边死不承认是自己打死的，他觉得这羊本来就不行，他的石头只不过是恰逢其会而已。那天帐篷门口不断地冒烟。蓝幽幽的桑烟缭绕一片，然后他看见那坏了的肺子也冒起烟来。东周烤着一片吃了，说味道不错。罗布藏觉得东周就是常常用这种既野蛮暴力又怡然自得的行为征服着他，让他一直以来都十分听话，甚至乖巧听话到自己一细想就感到羞愧。他已经不想改变什么，面对浑身焦土气味终年不减的东周，他已经习惯了顺应而为、顺势而为。想必东周也同样如此。他觉得他们的关系处得相当惬意，甚至有点甜蜜。现在，有人说他们的坏话，他才突然意识到问题出在这种甜蜜的、不太正常的父子关系中。真叫人难受,他开始感到不自在了。

7

罗布藏找个机会,提出了这个疑问。时机虽然不是特别恰当——他的意思是在一个轻松的环境里提出来——但也顾不得那么多了,要知道那天他突然间连追究马兽医的心情也没有了。马兽医得逞了,他一语中的,一针见血。他把问题轻飘飘地转移,产生的气流足以将罗布藏带到他原本是不想去的地方。但奇怪的是东周对他的问题十分茫然,甚至有些糊涂,他仿佛压根就没懂罗布藏想说什么。

"有人说我们不是父子。"罗布藏不得不再说一遍。

"哦。"这次东周很认同地点点头,"那倒是,很多人都说我们像兄弟。"他哈哈大笑起来,显得十分得意。

"这话怕是意有所指。"

"我知道,我知道,但你要知道,这人的嘴啊,除了拉屎,几乎什么都能干了。"他突然像是知道罗布藏的意思,看着他一笑,却什么也不说。

"那你不觉得我们长得一点也不像吗?"

"长得很像。你看我们的神态,简直一模一样。"

"这是可以影响的,并不能说明什么。"罗布藏不耐烦了,"难道你不觉得我和格日勒长得很像?"

东周闻言把抽烟的手放下来，又抬上去，呼呼地吸着烟。他盯着罗布藏，眼神丝毫没有了醉意，反而暴射出精神高度集中后才会有的神采。"是马兽医说的？"

"是啊。"

"那你们的事怎么样了，办好了吗？"

"没有，我一听那话，就什么兴趣也没有了。"当时的沮丧，罗布藏不会跟他说，因为那样是可笑的，他不用任何事情都要向东周汇报。他们这次的谈话无疾而终。大概有一个月的时间东周没有主动提起过这件事。一个月后的一个晚上，他和她吵架了。罗布藏和妻子在羊圈另一边的他们的小帐篷里躺着、听着。他没有跟妻子说起这件事，而她更不会问。那晚罗布藏离开了妻子和小帐篷，去了一个朋友家。第二天回来，看见阿妈被打了。罗布藏早就知道会是这个结果。现在他觉得这件事自己已经不能参与其中了，这是他们两口子的事。只有两口子自己把事情整清楚了，他才好行动。可是他要干什么呢？他想着必须干点什么才是正确的，这已经是一个比真实身份更让他感到不舒服的压力了。这天一直到晚上，罗布藏都躺在被窝里睡觉，其间妻子来看过他一次，坐了一会儿，又去忙了。他醒来，接着睡，后来就变得迷迷糊糊了。傍晚时分他坐起来，从敞开的帆布门看到西坠的夕阳，它有别于往日，变得像一个橘子一样橙不棱登的。他长时间地盯着它看，一直把它看下山。海日克的夜风起来了。在夜风中他听见老两口的争吵，他的身份问题终于要摆上台面来了，仿佛自己终于要正式确定人生了，这种既悲伤又锋利的感觉这些天如同火车一样碾压他。阿爸——东周依然是那个阿爸——对他的态度依然像兄弟，或者说是更像兄弟了。这晚妻子没过来，她一定是怕老两口打起来，在那边守着呢。

半夜里门口站了一个人。

"你没睡着?"东周说。

"被你惊醒了。"罗布藏说。

东周钻进帐篷里，分外忧伤地叹息一声。罗布藏默默地给他点燃一根烟，自己也点上。父子俩就着黑乎乎的空气一口一口地吸着。

"咱们找他去?"东周说。

"当然，哪有那么便宜的事儿。你说我要不要揍他?"

"还是我来吧，你不要动手。"东周说。

"他算哪门子父亲?"他的语气终于变得愤怒了,"简直不是一个男人。"

"他是男人，不然怎么会有你?"东周说,"但他是一个孬种，还好你现在是我的儿子，不然估计和他一样。"

"不可能。绝对不可能。"罗布藏坚决否认。

东周的心情好多了，他笑起来，得意地说："他现在肯定后悔死了。"但他马上又变得怒气冲冲，转身离开了。

8

东周所说的那种黄天白日的天气又出现了一次。这是秋天出现的第二次了。至少之前的二十年里是没有过的事情。反常的天气让东周忧心忡忡，尽管没有人明确指出这是灾难的前兆，但东周对自己的判断深信不疑。连着四五天，他嘟嘟囔囔说的尽是关于这种天气不好的预言。他已经没工夫管格日勒了，甚至仿佛已经忘了有这回事，他开始动员全家开始为虚无缥缈的即将来临的灾年做准备。

"看着吧，明年就是我说的那样一年。我们早做打算一点没错。"他的自信多少让家里人相信了会有这样一年，积极地准备起来。首先他们把今年的羊羔全部卖出去了，把一半母牛也卖出去了，留下的都是个顶个的好母牛，他甚至把所有的公牛也卖出去了，因为母牛已经发情完毕，至少到明年夏天之前是不需要公牛的。这些都卖了个好价钱。家里一下子有了很多钱，从来没有过这么多钱。东周和罗布藏商量，这些钱一分也不花，全部存起来。进入冬牧场以后买一些草料，然后静等事态发展。倘若真被他说中了，那就再买草料，然后低价收购别人的牛羊。

"这种人多的是，但我们可不是发灾难财，我们倒是帮了他们大忙。"东周说，"就算万一啥事没有，那也不吃亏。我们可以到别地儿买回来一些牛羊，就当是换代了。"他显然把所有的可能性都盘算好了。罗布藏一点不在意这种折腾。忙起来了，他的困扰也淡然许多，加之刻意回避，他们家和以前并无区别。而每个人的心里有什么想法，那就不用去管了。因为你的想法永远会变换着、淘汰着。事实上你会惊愕地发现想法的实施和影响力不但困难重重而且弱不禁风，基本上会被生活的浑浊毁得七零八落。因此，罗布藏并不着急和东周去见格日勒把这件事情从根源上解决掉。现在他觉得这样挺好。妻子说了，多一事不如少一事。在她看来这件事根本就什么事也没有，也不会有什么解决之道。也许她说得对。估计东周也不知道该怎么解决，所以才拖着不去见他。但一天下午，罗布藏鬼使神差偷偷地去了大曲陇，到了格日勒的营地，但他缺少进去的胆量，就在他家的羊群里和格日勒的儿子聊了起来。他谎称来找羊。他们不见面才不过一个多月，他就觉得十分陌生了。他尝试着拉近距离，但失败了。他观察这个小伙子，很庸俗，很木讷，而且一点也不像格日勒。这是个新发现。他在羊群外围绕了一圈，快活而果断地一挥手，打马冲向山顶。他就着暮色，沿着一条常年流水的羊肠小道回家。一到家便和妻子谈论了一些别的事情，以此来掩盖掉他的行踪。事实上他多虑了，她才不在乎这个（这点真好）。她刚刚洗了头发，连身上也有一股子特别的气味，轻而易举地激起了他的性欲。他急不可耐地进去了，又飞快地出来，颤抖了一下身子，就不愿意和她睡一个被窝了。这个毛病他一直在改，但真不容易，要不是觉得这样做十分对不起她，他几乎就要放弃了。相比刚结婚那阵子，现在的她开始试着理解这是他的一个毛病而不是故意针对她，尽管有时候她会毫无征兆地质问他，但没有发过大火。她的火气一半都会发在手机上。但今晚她不满他如此敷衍了事，到底还是撒娇般的耍了一下小性子。罗布藏勉强适应着她惊奇的转变，又来了一次。当他浑身冰凉地仰面躺倒时，外面的狼嚎把两只狗惹得嚎叫不止。他看到冷冰冰的星空下的灰影，冲过来，扑进他的眼睛里消失了。这时，他猛烈地、强烈地意识到，原来自己已经是一个拥有两个父亲的成年男人了。

所有的只是一个声音

"我们这是去哪儿?"我说。

"去找仁青。"

"去了也白去。"我盯着自己的小手。我的手又白又软,很多人都喜欢。他们喜欢拿捏着我的手把玩一番,一边叹息这手的这软、这滑嫩,一边嘲笑,怎么长一双女人的手?刚才申登盯着我的手一个劲儿地瞧。他管不住那双左大右小的眼睛。有时候我大为恼火,却又无可奈何。我连生气都觉得有心无力。但就是这样一双小手却打得一手好石头,当真是指哪打哪,而且力道也不错。利用这手绝活申登张罗赌局,我们赢了不少,直到遇上仁青。在他手里我输了十一次,一连串的,一次也没赢过。

"药吃得怎么样?"

过一会儿,我才懒洋洋地说:"还是头晕。"

"一点效果没有?"他皱着眉。

"有一点,我的舌头不疼了。"

"噩梦呢?"

我迟疑片刻,"还是天天晚上有。"

"太荒唐了。"他有些狐疑地说。

我再次认真地看着自己的小手,漫不经心地说:"怎么个荒唐法?"

我们行驶在一条笔直而空旷的土路上，道路两旁是连绵不绝的青雾，闪现着一根两根的水泥杆，一座一座的孤零零的土垒小屋；一些山体鬼鬼祟祟地躲藏着。猎豹汽车在这条路上飞驰。申登叼着烟，根本不看前方仅有一辆车宽的路面，他看着我，喷出一口灰烟。他终于朝路面正儿八经地盯了几秒，然后马上望向窗外，还偶尔朝后座瞧瞧，仿佛有谁坐在那里。

"昨晚有个小媳妇在那里吐了。"他一脸嫌弃却又不无得意地说，"臭了一车，你闻见没？"

"没。"

这会儿我的耳朵里充满了各种声音……各种声音夹杂在一起冲锋陷阵。我疼得只想割掉它。我在想我怎么会在这里，我手头的活儿还没干完，好多事情我本来记着要去做，然后却忘了，现在又全部想起来了。这让我的心房沉甸甸的，眼前很黑很黑。而且，我还有更重要的事情——今天我女朋友要来看我。我女朋友从三个月前——也可能是五个月前——或者更久之前就答应我来看我，今天傍晚她会到达车站。她坐一天的汽车长途跋涉从西宁市来荒山野岭看望我，可我却在这儿，在一条让我感觉陌生又不安的尘土飞扬的乡村道路上。我听见脑子里的那个人在骂我，骂得很凶，他似乎还打了我，不然我的脑袋不会一下子这么疼，疼得我只想把它割下来。

"我要回去。"我说。

"你怎么了？"

"我女朋友来了，我要去接她。我要去车站。"

"你女朋友？你什么时候有女朋友了？"

"快停下。"

他没有停车,但速度慢下来,"哪个车站?"

"零公里那里。"

"你让女朋友在那里下车?为什么不是加油站这里?"

连我也不知道这是为什么,我张口便说出来那个车站。"我得去接她。"我已经迟到了,我才发现已经是黄昏。

"你确定她来了?"

"她已经到了。"虽然没打电话但她一定到了。

"要么你的心很大,要么你根本不在乎她。"申登笃定地说:"你的心真大。要是我女朋友来了,打死我都不会忘记,因为那是你的女朋友而不是别人的。"

零公里的废弃小车站,只有一个残破的小平房,仿佛陷入地基。风呜呜地吹乱屋顶的杂草,小平房牢不可破,只有时间可以摧毁它。朝东面的紧凑的小门和两只眼睛似的小窗户紧闭,小房子灰暗的阴影投在一片蒿草中。

她靠着墙,面朝尕海,带着一副橘红色的太阳镜,穿着蓝白条纹的风衣。她美得惊心动魄。

"你这个王八蛋。"申登说。

"我在她身上花了不少时间。"

"这一点也不奇怪。"他停好车,"在美女身上花时间一点也不奇怪。她叫什么?"

"卢晓霞。"

我跟卢晓霞道歉,说自己该死,迟到是一个男人不能原谅的罪过。她灿烂地笑,抱住我。她在我耳边跟身后的申登打招呼。申登握住她的手,说了自己的名字和与我的关系。接着他热情地解释了我们迟到的原因。"车子一坏,神仙无奈。"他煞有介事地说。

卢晓霞宽宽的额头有一层密集的光泽。"没关系,我刚刚在欣赏湖上的美景,多好的落日,我没见过这样的。"

"我可以带你去看大湖,无论日出还是日落都棒得很。"我说。

"这个车站真荒凉,我刚下车以为下错站了,但司机说就是这里。"我们走向汽车时她回望一眼,"这里真安静。"

"车站早就荒废了,新车站我们也不知道在哪儿,我们一般都把那边的加油站当作汽车站。"申登殷勤地解释。

"离家很远吗?"她轻轻地碰了我的手臂。

"还有十公里。"

"你家真远,但也美。到处都是苍白色的,为什么草原是这种颜色?"

"因为所有发出白光的草都是针毛草。"申登抢着回答,"再过一个月,在草原变黄之前,这里将是一片银色的大海,那才叫壮观。"

"但看着看着也烦了。"我说。

"那就只能和我一样,离开故乡。"她说。我们坐在后排。申登从后视镜里偷窥我们,我警告他不要看,但他一点不管,他看得勤快。他看的是卢晓霞,但她不在意。一路上我很少说话,都是她在说,而且很多话都不是对我说的。她和申登聊得很愉快，仿佛相识多年。有一阵子我神思恍惚，根本没听清楚他们在聊什么，卢晓霞的笑声会把我惊醒。我开始头晕，开始讨厌听到声音。我将头侧靠车窗上。外面，远处低矮连绵的山们慢慢地移动着，慢慢变动着颜色，道路边那些和汽车一样高的蒿草一群一群连接着，快速从我眼中掠过，留下一丝担忧，和我轻微的颤抖一同交替着出现。当我浑身都痛起来的时候，我觉得我遭受了一顿毒打。这种情况会出现于我一度奇怪地热乎起来之后不久，我痛苦，于是很快我会冰冷下去。

到了家门口，她很不好意思地问我厕所在哪儿？我朝牛圈的方向一指，"你去墙那边，很安全。"我说，"这里没有固定的厕所。"

"很安全？"她露出整整洁洁的牙齿，瞥一眼将手臂放在车顶的申登。

"他的意思是没有狗，也不会有人看见。"申登说。

"不会有人。"我说。

她走过墙角了，我对申登说："你刚才不该那么说。"

他点了烟，朝墙角一望，"我觉得我没说错，我是好意。"他若有所思地笑了笑，然后开车走了。我站在家门口思考这件事的利与弊，所有的事情都有这两点，就算你不管它们也在，而且永远在，因为发生后还有接下来的后果，后果虽然难以预料但会出现，一定会出现。

"会什么？"卢晓霞来到身后，轻飘飘地问。

"哦，我说你会习惯吗？这里的环境？"

"挺好的呀。"

"那倒也是。"我说,"你晚上想吃什么?"

"我来草原了,就吃牛羊肉。"她到处打量,一副分外好奇的样子。

"你再这样,漂亮脸蛋就要受罪了。"

"我就是要尝尝这个滋味,我有好几年不曾认真晒过太阳了。"

"女人都不喜欢太阳。"

"那些都是傻女人,一心只想照顾永远在变老的皮肤。"

"这么说你不会?"我看着她,她比以前胖了,或者说是丰满了。

"因为我让它自生自灭,它已经有自我保护的能力和意识了。"她骄傲地笑起来,"你知道吗,有时候我两天都不洗脸,感觉到脸上不对劲,油汪汪的,但没事,而且很好。所以我觉得,她们都是没事找事,在自我毁灭。"

"只要不故意,大部分事情都简单。"

"就是,咱俩想一块去了。"她说,"那是谁家?怎么那么多房子?"

"那不是房子,是羊舍,羊的房子。"

"那还不是房子?"

"——是房子。"

"那是谁家,那么多房子。"

"我的邻居,远近闻名的富人。"

"除了这些房子,什么也看不出来。"她说。她又问了几个问题。进了屋,她立刻兴致勃勃地审视起房间里的一切。

"我从来不知道一个男人的住处居然会这么干净。"她惊叹道,"我太吃惊了,你吓住我了。我连你的一半都做不到,你是怎么做到的,有女人来帮你收拾?"

"我家没有女人来。"

"是吗?"她意味深长地看着我。她坐在我习惯坐着的靠北墙的沙发上。调皮地将屁股弹了弹,然后笑了。好像我也跟着笑了。心里那把火烧着了我。我一心一意地和自己的眼睛较量,我知道它只是一个傀儡,对手在幕后。但最终我还是输了。我放弃了,任由它肆无忌惮地将视线投射到她每一寸皮肤上。我在电话里喊她是我女朋友,她从来没有答应过。不过她既然来了,就是给"女朋友"这个称呼一个明确的表态,她回答了我。那么我的眼睛干件事就很合理,不是流氓。她果然没生气。她很得意地坐在那里。

"好看吗?"

"什么?"

"胆小鬼。"她故意将声音弄得撩人心扉。

她这人……我知道她的过往如今鲜有人提及,那些往事……她讲一个男人因为对她痴情而折磨自己废掉了自己的故事,故事只在有限的几个人之间像宝物似的传来传去,仿佛每进行一次传递便是一次赏心悦目的观赏,而且让他们每个人彼此拥有了一种远比其他人更亲密的体验。我也在其中,而且我也感觉到了,所以我感到羞耻。因为那会儿我已经和她发生了关系,不是肉体的。但我最初的愿望是建立在肉体之上的。所以我一直都没有觉得有什么难堪,因为我有准备。我在开始之

所有的只是一个声音 | 097

际便做好预防的措施。但是眼下，仅仅过了几个月，我曾建立起来的念想便靠不住了，我有点吃惊自己的变化。我瞥见一只羊的身影。"羊来啦。你要不要看看羊?"

"当然要看。"她站起来。她确实已经丰满得令人诧异。

"我此行最重要的目标之一就是看看羊。"她说，"我已经有三年梦见羊了，梦见那种大乎乎软绵绵的白羊。"

"你可以挑选一只羊。"我说，"是你的，绝对属于你的羊。让它留在这儿，我来照顾。"

"我的羊？可以吗？"她果然兴奋地盯着羊群，当她乌黑而又带着点蓝光的眼眸注视着我，我便知道了将要发生的事像一支风中前行的箭，无可避免。我想让她意识到我的冷酷，让她别管我，但她反而红了脸颊。"这些天我一直想着见到你。"她柔情款款地说，"现在你就在我面前了。"她踮起脚尖又落下，怂恿我去亲她，我照意思做了。她顺势搂住我的脖子，想要索吻。我的手推住她的肚子。肚子柔软、温热，隔着几层衣服也能感受到顺滑的气息。

"别这样，有人会看见。"我说。

"就让他们看见。不要管。"她说。她一点也不松手。她的手指扰动我的后脖颈，她的气息痒痒着我的耳根，于是我僵了一下，捉住那在背脊上下滑动的手。我知道这会儿我的脸色十分难看，但她看不见。她的目光如果愿意的话会看见左边的牛圈，正前方是尽管不起眼却大有作用的小草场，有三十亩大小，被黄土旱实的大大的牛圈大概地分成两片。靠北墙那儿有几十捆黄草，初冬之际从甘肃拉过来的。我的牛每天一共吃四捆草，分上午和下午,加上早晚两顿精饲料,它们吃得好,一出圈就撒欢。根本不顾肚子里的牛犊子。它们一到饭点就会怪叫起来,声音格外有穿透力。但这会儿我需要它们叫唤的时候它们却静悄悄的一点声音都没有。小草场那边是一个和我的草场规模差不多的小草场,那是邻居李万雷家的。他父亲是汉族人,因此他有名有姓。不过我们没有人叫他这个只存在于户口簿的名字,我们叫他没有姓的名字。

"才仁在看着我们呢。"我的手指经不起诱惑地朝四面八方展开着,它想有进一步的动作,却颤颤悠悠地犹豫着。

"那正好,我需要一个传播。"她说。

"什么?"

"你被一个城里来的女人霸占了,就这样。"

我回味着我们的关系。在西宁一别后于距离中产生的情愫和幻想,我那些时日的孤寂伸出救命的爪子,抓住她。我想是我主动联系她的,一个晚上一个晚上地聊天,隔着网络搞暧昧。那样做的时候,我甚至已经忘记了她的容貌。她的声音也勾勒不出一张能够让我看清的脸。我看到的是其他的许许多多的女人的脸,直到看见她。我原来是对的,那些无一不漂亮的面容,在她转头望向我的那一刻统统朝她飞去,拼贴出这样一张端正的、圆融的、既娇媚又澄净的脸蛋,梦幻般地用气息暗示着我。

眼下,她快要付出真心了,一旦她那么做,我将会被难住,我将被硬化。卢晓霞离开了我的身体,自然而满足地去前面,去水房那里看羊。羊群在长长的水槽边整整齐齐排着队喝水。犄角摩擦着犄角,头碰撞着头,身子挤着身子,大家一起亲亲热热地喝水。卢晓霞拍手惊呼:"好可爱!"

"它们是我的食物我的金钱。"

"你真残忍。"

"是的。我觉得很不错。你是第一个说我残忍的人。"我说。

"你就是,但你也更好。"

"我不认为。"

"你不承认。"

"我没有。"我说。

"你就是。"她生气地说,"你也是这么做的。"

"即使我有过那种做法,那也不是我。"

"对,是我的错。我来打搅你是我做的傻事。"她开始哭泣。

"哭不是好事情,会让你伤身。"

"难道来这里,我是来找事情的吗?"卢晓霞瞪着圆鼓鼓的大眼睛。

羊喝完水后好奇地注视我们,它们的眼睛比她的更亮更纯粹,它们的视线如同聚光灯似的闪亮着。因为天色很暗了,它们的身体有着昼与夜之间那段神秘时间才会出现的光斑,幽冥地闪动着,成功注吸引了她的注意力。

"那是什么?"她向前走了几步,马上又小心翼翼地退回来,目光炯炯地盯着我。

"精灵。"我说,"一种只有在白天和黑夜之间存在的族群。"

"你胡说,哪会有那种东西。"

"你已经见到了。"

"是羊身上的东西。"

"它们这会儿在羊身上,它们也可以在别的地方。比如也可以在你身上。"

她下意识地朝自己身前探了探,惊恐地尖叫。"虫子,虫子!"她的衣服上,肚脐眼的位置上的确有一只拇指大小的飞虫,我上前瞧瞧,捏住它凑到眼前,发现它已经死了,翅膀也断了,但还是那么漂亮。

"这就是你说的精灵?"卢晓霞叫过后,如同高潮之后一样平静下来,借着天空最后一丝微弱的光,冷静地端详虫子。"不是害虫。"她说。

"何以见得?"

"感觉。感觉它不是坏东西。"她接过虫子,将另一只翅膀也扯下来,手指轻轻晃动,翅膀的颜色变幻莫测,好像一片彩色玻璃。

"你说,我们人为什么没有这么漂亮的东西?"

"因为我们拥有太多。"我说,"也或者活得太久。"

"英雄的观点。"

"不是,现在不流行英雄,流氓更好混。"

"那你是吗?"

"我不是。"

"那你是什么?"

"我是一个放羊的。"

"放羊的流氓。"她说。

"我不是,我又没把你怎么着。"

"你的意思是你想把我怎么着?"

"这话我没法接。"

"直接接啊,你不敢?"

"你非得这样?"

"我哪样了?"

"你说的那样。"

"你茕茕孑立在这个世上,有意思吗?"说完这句话,她的脸色惨白一片。

我把她逼到墙角,老屋土墙的热度沁透了我们。我的胸脯一暖和,心便软了。混沌的夜色中她的气息中情欲高涨,我含住她的嘴唇,厚厚的、软软的,带着一股鱼腥味。我们长时间地接吻,然后去了屋里。羊舍的门没有关。水房的水没有关。晚上的饭没有吃。

我醒来的时候是凌晨三点钟。幽暗阒黑的空间里多出来一些温和的丝线,牵绊着我们。

清晨,几只苍蝇从青色的天幕中飞进房间里,在她的头发上、脸颊上、脖子上停留,走动。她睡意沉沉地做一些无用的驱赶。她的眼睛始终紧闭着,她太困了,在梦里嘟囔着往被子里钻,将整个身子缩成一团。我穿好衣服走出去,羊群在铁槽周围,此起彼伏地嚷着,在催促饲料。它们生气了,因为比平时迟了近一个小时。现在是春天,它们早早地吃了饲料。它们需要更多的时间去寻找刚刚冒出芽子的青草补偿身体,所以它们很愤怒地瞪着我叫唤。

卢晓霞打开窗户看着。昨晚最快乐的时候她大叫着说这里让我恐惧，恐惧！估计她现在已经忘了说过这话。我从仓房提了两桶羊饲料，均匀地撒在六个六米长的铁槽中。然后我叫她出来，趁它们火热地吃饲料而无暇顾及其他之际挑选它们。

"我要这个。"她指着一只右边的肚子上有一巴掌大小的白色，余身全黑的羊。

"这是一只公的。"

"我就要公的。公的好。"她说。

我冲过去捉住它的一条后腿。它正撅着屁股吃饲料，防范意识薄弱，三秒钟后才反应过来，挣扎起来。铁槽上的羊全部受惊跑开。它的力气不小，但一条后腿在我手中，它连一半力气都用不上。它绝望的惨叫，惊走了上前来的卢晓霞。她远远躲开，开始质问我。

"我没把它怎么着。它只是受了一点惊吓，你也是。"

"快放开它。"她嚷嚷道，"它快要死了。"

"它不会。"我说，"再说你还没好好看看，做一个记号呢。"

"不要。"

"你不要它了？"

"我不要，它吓坏了。它那么可怜，快放开它。"她生气了。我也生气了。

"不要就算了，我觉得你也不适合有一只好羊。"

"你的意思是我不配拥有一只羊？"

"我没有这个意思。我只是觉得你的人生和一只羊不应该产生关系。"

"你的意思是我们是两个世界的人？"

"差不多吧。"我说。

"我下车的车站的荒凉给了我预感。"她平静地说,"你一个晚上都心不在焉给了我预感。我知道了。"

"我的行为很正常。我难道对不起你了吗?"

"我再也不会打扰你。"

"不存在这个问题。"

"我要走。"

"我送你。"

"不用。"然后她打电话给申登。她有申登的电话出乎我的意料。申登只十五分钟就来了。他一下车便一脸郑重,脸膛白瓷瓷的。他装着若无其事地和我打了个招呼,将卢晓霞请上车,他有想和我说些什么的意思,但最终一言不发地走了。他们一走,仿佛所有的热闹和喧嚣都离去,所有安宁的寂静全部属于我。我在空荡荡的房前驻足,凝视周围,将视线威严地停留在大块建筑上,如同一条毒蛇发现猎物一样盯住它们。我看到它们诡异地动了一下,仿佛在颤抖。而在山头,有三个黑点,那是秃鹰。几分钟后飞起来从我头顶的蓝天掠过,它们的阴影我感知到了。我抬起头,看着它们嚣张地振翅远去。这种观察给了我一种启示,于是我打开车库,推出摩托车。路上风吹着我的脸,我流着泪,有点冰感的痛。她一言不合就跟着别的男人离开的举动到现在终于让我痛苦并且怒不可言,我的太阳穴反应激烈,"砰砰"地跳动,我肯定涨红了脸,估计眼睛也是红乌乌的。我们的情侣关系禁不住一顿吵架,这是我始料未及的。她享受异性的追捧和爱慕,这没什么,但我的位置在哪里我搞不懂，但现在我搞懂了，我根本没有位置，我的位置是临时插在地上的一杆旗，随便都可以拔走。既然这样，我做什么事情都不会是过分的，我有那么一刻钟恨意滔天，想捅杀了她，而且越来越恨。但这也奇怪，我内心那个最需要爆发的地方一片宁静，不为所动。

我找到他们的时候，有一道云彩突然失去踪迹，天空开朗辽阔，地上的颜色鲜明了。我藏起来。我躲到他家的羊圈里，从一条裂缝看着他们。申登在打电话，我听了一会儿，明白了他是在给卢晓霞订车票。卢晓霞就站在他家门口。门口有两把椅子，地上放着一杯茶，此刻她站着，微笑着看申登三两下解决了事情。

"明天早上九点钟的车票。"他说。

"谢谢！"她说。

"听我一句劝。"申登严肃地说，"旅店你不能住……"

卢晓霞咯咯笑，"你可以跟他们说一声。"

"不行的。"他摇头，"你今晚就住这里。"

她摇头，却笑着。

他指着房子："这里保证安全。"

"昨天，他也这么说。现在却把我赶出来了。"卢晓霞伤感地说。

"你知道他的病会是那样的，再说他总是那样有眼无珠，他精神没有问题之前就是一个怪人。除了我，他没有朋友。"

"为什么？"

"因为他太怪了，不，事实上我怀疑他长久以来就有问题。"

他朝我家方向望了一眼,满是遗憾地说:"只不过他自己不知道。"

"那会儿,他看上去挺正常的。"卢晓霞回忆,"就是不怎么说话,但有时候也挺能说的。"

"你来真是一个错误,让你受委屈了。"

"不,倒是让我看清了他。我看他的问题不是特别严重,更重要的是他自己愿不愿意的事情。"

"你们是怎么认识的?"

"我们在一家餐馆认识的,那时候他突然来,成了一个传菜生。"

"他干过这事?"申登诧异地说,"我居然一点不知道。什么时候的事?"

"一年前,他来得突然,走得更突然,只干了三个月。"

"他干吗去那么做?我是说他这里有这么多事情……一年前他的羊也在这里,而且——"

"嗯,这些我不懂,但他确实在西宁,住在地下室的一个宿舍里。他画了不少苹果,每天都画。其中有一张送给了一个女孩,他为此哭过。"

"我从来不知道他会画画。"申登表情凝重地说。

他当然不知道,我不会告诉任何人,那可不是这里的事情。我想起我那个妹妹,不知道她生活得怎么样。她是我唯一认可的血缘关系之外的妹妹,她如果再多在我眼前出现,我会让她取代一个真正的妹妹,但她急不可耐地嫁人了,那时她幸福,变得蠢兮兮的,走的时候只是简单地拥抱了我一下,还重重地踩了我的脚背。

"这是我们第二次见面。"

"这也是我们第二次见面。"申登蛮有深意地看着她。她又咯咯笑起来,她接下来的话被风吹走了,我没听见。只见他们有说有笑地朝屋里走去,已经十分亲密了,就像昨天的我和她一样。

摩托车冲过那座残废的小桥进入老店后,我收住波澜起伏的心思,同时也收住嘟嘟囔囔的自言自语。我朝在外面的铁丝网上晒衣服的安措吹了个口哨。我刚吹完,尼玛便从他家那个青灰色的小厕所里走出来,他一边勒着裤带一边朝我走过来。我立刻扭过头,装作没看见,但他开始叫我了。

"你哭什么?"尼玛好奇地盯着我的脸。

"没哭,是风眼。"我说。

"你去哪儿了?你今天不忙吧?"

"我今天忙着呢。"我回答了他第二个问题。

"听说你找了个老婆?"他再次惊奇地看着我。

我瞟了眼正在往这边走来的安措。她身上的粉色衣服和本人一样骚情。

"别胡说,不是我老婆。"

安措站在尼玛旁边,她的手湿漉漉的、红彤彤的。"谁老婆?"她问。

"他们的一个女朋友。"尼玛装模作样地说,"昨天申登说是你老婆。"

"结了婚才是老婆。"安措说。

"他那是嫉妒,所以我送过去了。"我说。

"你把自己的女人送给别人了?"安措夸张地叫道。

"她不是我女人。"

"我不相信,那个女人我见过了。"安措得意地说。尼玛瞪着她,但她一点也不管,她始终审视着我。"昨晚我看见你们在墙角,你们在干嘛?"她换了一个站立的姿势,有点咄咄逼人。

"我们在看羊羔。"

"那你干嘛摸她这里?"她快速地指了指自己的胸。这真是一个神经病女人,一个疯狂的女人。尼玛无动于衷地僵着,身上散发着一股马汗味,他皱着眉头时眼窝陷进去得更深了。我算是看穿了这两口子的把戏,于是告辞。

摩托车抖了三下,跳上 315 国道,我回头望了望,那两口子还站着,面对着面,站着。我能感受到他们没有说话,就只是用一种很了不起的样子,站着。他们瞪着彼此,站着。我想,在没头没脑的情况下,我又惹祸了。

现在,我终于想起来要做的事情。我要宰杀一只羊。

我到羊群挑了一只膘情好的羊,冲进去逮住它的一条后腿。然后迅速向前伸出手,抓住它的犄角,身子一跳,骑到它身上。我双手握住犄角,用力向上掰它的下颚,让它的头向上扬起。它向前蹦了几下,我松了一下手,它又蹦几下,到了圈门口。到这儿它开始往后退,我费了一些力气将它弄出羊圈,拴在家门口。然后我给申登打了电话,让他俩过来吃羊肉。

"我开始宰了。"我说。

"可是卢晓霞回去的车票是九点半的。"他说。

"我知道你有办法。"

"我问一下她。"他说。

"我知道你有办法。"我说。

我攥着磨好的刀向羊走去。这是一只有鸳鸯眼窝的羊。右边的眼窝是黑色的,左边的是棕色的。它的犄角粗壮得一把手握不住,因为它是一只六岁的成年羯羊。羯羊就是从小被阉割了的羊,相当于人里面的太监。这句话昨晚我给卢晓霞说过,她听了后咯咯娇笑,她说你也应该被阉割。我说为什么?她说老是想着干坏事。我觉得不能就那样被她冤枉,于是就干了坏事。

我看着它的眼睛,琥珀色的,清澈而恐惧地瞪着我。它的命运它早就知道了。它们都知道自己的命运。有一回,它们眼红邻居家的草场里面鲜嫩的草,就在一只头羊的带领下钻过铁丝网跑到那边去了。那邻居给我打电话,臭骂我一顿,说你要是管不住自己的羊就不要养了。我受了气,就将它们赶到钻过去的那个地方,用套绳套住那只领头的羊,然后我在它们的众目睽睽之下将它杀死。我抹了它的脖子。它的血因为我故意为之而喷出去老远。血在空中变了颜色,一落入草丛便黑了。接着我不等它彻底咽气就开始剥它的皮子,它浑身的每一寸肉都夸张地抽搐着、战栗着、抖动着。它挣扎了好一会儿。我让它们看得清清楚楚。它们眼中不断加剧的恐惧我也看得清楚。它们想逃跑,被我堵了回来,我让它们看着我的动作。看着我将羊头从还在跳动的肉体上割下来,将内脏血淋淋地掏出来挂到水泥杆子上,将饱满的大肚子捅破,将肠子像绳子一样拉开,长长地拴在它们钻过去的地方,将皮子涂上鲜血,高高地吊在杆子上。最后,我将它硕大的头颅也吊起来,风一吹,犄角发出呜呜的声响。将这些东西处理完,剩下的都是肉,我将拿回家去吃了。我做这些的时候,内脏上、肠肚上和散落在地的血迹上爬满了绿头苍蝇,嗡嗡的一大片,麻利点的苍蝇已经吃饱喝足,在食物上留下了白色的粪便,在强烈的阳光和热量中,这些东西散发出的气味不但吸引飞虫,也将天上的秃鹰招来。我让羊群从头到尾观看完我的表演,结束了对它们的惩罚。驱散它们的时候,十几只秃鹰毫无顾忌地争先恐后地俯冲而下,抢夺食物。那场面颇为壮观。而今天,我要宰杀的这只羊也是有"前科"的。它被我制服,收敛行为之前是一只坏羊,所以尽管它痛改前非,但我仍然不相信它。事实上,我不相信任何有过错的羊,所有招惹过我的羊,或者牛,最后都难逃一死,都被我杀了。我相信我有这个资格,即使没有也没关系,我有这个能力就行了。我有这个能力。羊皮剥掉了,我在前肢下面专门看膘情的地方划了一刀,翻卷着露出来的肥肉有一食指厚,这个膘情让我很满意。一只用来吃的羊,如果没有一指膘的话是没什么吃头的。瘦肉只有城里人喜欢,我们不喜欢。我淘洗内脏,清洗肠胃的时间没超过三十分钟,申登和卢晓霞到来时,我已经将整个羊卸开,只剩下灌肠的活儿了。这个需要有人帮忙才行。卢晓霞自告奋勇要帮忙。我说行啊,搭把手就行。我将洗涤干净的羊胃递给她,让她坐在小板凳上。我们一起将羊胃大口子的那一头撑开。我从盆子里舀了一勺血倒进胃里。一些血流到卢晓霞的手臂上,她立马晕了过去。她倒在地上,手中还紧紧地抓着羊胃,害得我只好松了手,胃里面的血肉全部跑出来了,欢快地在羊皮上滚动奔跑着。我和申登把她抬进屋里,放躺在沙发上。她沉静的面容有一种精致的美。这就是她隐藏的东西,现在跑出来了。这东西这么好,可她却不屑一顾,甚至可能还觉得是累赘。我猜我不满意她的最重要的因素可能就是这个。我和申登将血肠灌好。他一点没有要解释的意思,这很好。我也就没有必要去问。我们之间并没有出现尴尬,最后我们相视一眼,活儿干完了。

我去库房把大铝锅抱出来,按照传统方法煮肉。我往锅里倒进第四勺水时,卢晓霞悠悠地醒来,她看着申登流出眼泪。

"我被吓坏了。"她心有余悸地带着害怕的表情看着我。

"现在没有了。"我说。我现在对她和颜悦色,如果她仔细听,会发现我甚至有些讨好她。但她没听出来,申登也没有。

"那么多血。"她捂住自己的脸。

"你这是第一次看见,所以有些不习惯而已。"申登说。

"这里……我要回去。"她试图站起来,但双腿软绵绵的。

"可是票已经退了。"

"我知道你有办法。"

"已经晚了,要不下午也好。"

她固执地盯着申登。他妥协了,掏出了手机。

"肉已经熟了。"我说。

"我不吃。"她说,"从今往后,我再也不吃肉了。"

她说这话时带着怨毒的意思。我又做错事了,这让我高兴起来,我没有变。今天早上,我真怕自己变了。她的态度说明我没有变,这就好,我很高兴这是真的。我观察着她,她却不看我一眼。等申登弄好了车票的事,她怒气冲冲地拉着申登走了,但他们只走了三十米就不得不停下来,因为申登的车胎爆了。我不动声色地看着,我早就知道会这样。

申登要借摩托车。我说不借。

"为什么?"

"不为什么,就是不借。"

"她不是故意的,女人吗就这样。"

"我就是不借,但我可以去送。"我说。

申登直愣愣地凝视着我,我也看着他。

"她不会同意的。"

"她是我邀请过来的,理应我送回去。"我说,"那就不要走了,我们吃肉,她说过要吃的。"

"她再也不会吃肉的。"

"过不了多久她就会忘了这事,就如同忘记你一样。"

他抿着嘴巴,脸上不咸不淡。

"我了解她,她很快就会这样。她会飞快地把这个地方、这些羊、这里的男人忘得一干二净,因为她有更多需要记住的东西,有新的需要记住的人。"

他心不在焉地摸摸裤腰带,手指轻轻地扣着银铁扣子。

"你也不过认识她几个月。"他说。

我开始可怜他,一个男人没有了判断力那就只剩下可悲了。

"她怎么样?"我说。

他晃动了几下脑袋,我这才发现他头上那顶流里流气的红色毡帽。

"我去跟她说说。"

他很快和卢晓霞一起回来了。

我点点头,笑了笑。

"我真够蠢的,你们这些男人——"她说。

"我现在就送你。"我说。

但她沉默着,沉默了几分钟。我骑到摩托车上等她。她不慌不忙地走过来。她俯身跨上摩托车的时候我闻到另一种香味,和那天来时的不一样。这是一种浓郁的想要遮盖其他气味的香味。我努力再闻闻,企图找出那个被遮掩的气味。我发现了一点,但随即消散,之后再也逮不到了。我们中间一直有一个拳头的距离,她刻意保持这个距离。她的肢体态度比言语态度让我好受多了。摩托车开到四十迈,我左右转动着头,好让眼睛里的泪水被风吹出去。我的风眼病越来越严重了,所以我总是眼泪汪汪。我们经过她来时的那个车站。"为什么不停下?"她喊道。

"去湖边。"

"什么?"

"我们去看湖。"

"我不去。"她扭动身子,摩托车开始摇摆不定。

"我要永远跟在你一起。"我说。

她怔了怔,突然猛烈地撕扯我,她掐住我的脖子,我眼前一黑,听见摩托车摔倒的巨大声响。

接下来干什么

金盖跟我夸他的靴子，仿佛这双饱经沧桑旧得离谱的靴子是他兄弟。

"我穿了十年，还是老样子。"他斜躺着抽烟的时候说，"我用一盒子弹换来的。"

我说："照现在来说有点亏了。"

"不。你得看是什么情况。"他摘了墨镜，用大衣里子拭了拭镜片，"当时要没有这靴子，我怕是走不出去。"

"那就值了。"我一边流泪一边说，"用害命的换保命的。"

"你还吃吗？"他坐起来，从怀里掏出塑料袋子，里面有切好的锅盔馍馍。

我把大茶缸递给他。我的眼睛疼痛难耐，感觉下一刻就会有血水流出来。

"吃完睡一觉再走好了。"他一口接一口地喝着茶，喝了一半后递给我。

"就是不知道能不能赶得上。"

"我知道散布德，他肯定会睡一觉的。"

"那不一定，他这人很荒唐。"我说着也躺下，把围套从脖颈处拉上来，蒙住了脸，然后静听呼呼的风声和金盖越来越均匀的呼吸，忍受分分秒秒来自眼睛内部的活跃，心里咒骂该死的雪，也生气自己愚蠢，居然给雪伤了眼睛。我从来都不知道被雪灼伤了眼睛会这么难受。我已经够小心了，搞不清是什么时候受的伤。昨晚半夜里感到不对劲，迷迷糊糊的没在意，今早就觉得疼，难受，泪流不止。眼泪是滚烫的，带着刺肤的诡异力量。

金盖宛如雕塑似的睡了四十分钟，醒来后我们默默地吸了一根烟。他问我好点了没。"不行的话先回去，别硬撑着。"

"回去也一样，一闭上眼就不行。还不如走一走，吹吹风好受一点。"

"随你，不过就我所知是没用的。"

他认真地戴好又笨又大的狐皮手套，扶了扶墨镜。我们以不紧不慢的速度走过山坡，然后拣没有雪或者雪浅的地方走过阴坡。前面有一个牛场的窝子，没人。地窝的门被雪封住了，结冰了。小窗户也被堵了。我们围着地窝转了一圈，就知道了是谁的场窝，恶作剧地在门口撒了一泡尿，接着赶路。离汇合的地点还有相当长的一段路程。金盖曾经折过的腿开始有反应了。即将翻过另一个山头时他说需要休息一会儿。我们找了一块干燥的没有雪的草地坐下。已经没有茶水了，他捏了一块雪塞进嘴里，那雪块在他的嘴里像老鼠似的滚来滚去，好一会儿才消去。金盖哈着气说："现在要是有一匹马就好了，我这条腿永远在找我的麻烦，上辈子可能不是我的东西。"

我检查了鞋底，用石片把粘在鞋底的泥团刮掉。然后蒙上围套，眯了眼。只有在这种有风吹进来，有点光线却又暗淡的环境里，眼睛才闹得松一些。我不是不想回去，问题是回去的路同样漫长，我这一天忧心忡忡，更不愿意一个人走路了。

我从一条缝隙中看见外面的世界反而更真实了。

金盖问我愿不愿意听他讲一讲关于他伤腿的往事。他笑呵呵地说:"它代表我的历史,我永别了一些东西。这也许是我最后一次讲,你也许是最后一个听的人。我从来没有完整地跟别人讲过。"

"为什么是最后一次?"

"前天完地说了一句话,你听见了吗?"

"哪句?"

"他说他再也不想做让自己难过的事情了。"

"他做梦呢,哪有那么美的事。"

"但有些可以自己做主的事是可以不做的。"他伸直了伤腿,目光炯炯地盯了一会儿,"就比如这条腿的事,我不说没人会从我嘴里挖出来。"

"嗯。"我暗想他是什么意思,他糊里糊涂的话是什么意思。

"没人那么干,但我就是想说。每说一次我都好像重新经历了一遍,我用这种方式提醒自己记住它。"

"为什么?"

"我每到自己麻木的时候就惊醒了,就重新讲一次。如今感到受不了了。"

"再不管了?"

"我想已经被刻到骨头上去了。"

"你讲吧,我倒要听听。"

"咱们边走边说吧。"他一瘸一拐地走。这回我走在前面,但很快就不得不停下来。我走着走着就把他给甩下了,于是我走在他后面,按照他的步调走。他断断续续地开始了讲述。

1996年,我家老头病了。那一年转场的时候偏偏是我家的驮牛最坏的一年,反正啥都不顺,路上的磨难比石头多。呵呵。快到了的时候,就出事了。马受惊了。我的"白一点",那匹大黑马你知道吧?

"知道,参加过好多比赛。"

"就是它。"金盖停下来喘气,"就在过河的时候,一头牛不知怎的把水里的一块塑料给挑了出来,我刚好在边上,红色的塑料袋刚一出水面,我的'白一点'就吓到了,这个胆小的畜生,它接连蹦跳了几下,轻轻松松把我扔入水中,正好把这个耳朵砸在水里的石头上,从那时候开始我的这个耳朵就不行了,后来就废了。"他拍拍右面的耳朵。

"原来是这样,再也治不好了?"

"根本没去医院,找赤脚医生看了,说算是废了。"他举着望远镜瞄向右侧的一片灌木林,看得很仔细。

"有没有?"我说。

"没有。这帮驴日的真他妈狡猾。估计他们也是一无所获。"金盖揉捏着伤腿说。

"你的腿既然不利索,又干吗来巡山队?"

"这不是我要说的嘛。这条腿,和巡山队的关系大着呢。"

"你来巡山队多久了?"

"很长时间了?"

"是他们打残的?"

"嗯。是他们打的。"

"什么时候的事？我怎么一点也没听说过？"

他吞吐着蓝色烟雾说："就是1996年的事儿。"

"四年了。那年你可够倒霉的。"

"谁说不是呢？"

"用枪打的？不对，不是枪。"

"是刀。"他说，"捅了两刀，伤了筋骨。"

"你要报仇？"

他斜瞥着我："你看呢？"

"我觉得是。"

他咳嗽着："没那机会，那些混蛋……"

"你找这些人，似乎——"

"反正都不是好东西。你以为……"他打断我的话说，"你以为我错了？"

"我们都犯了一个错误。"

"嗯？"

"我们不应该拿这把破枪。"

"至少可以装个样子，起到一些警告的作用。"

"听说你跟丢了两次？"

"当你一个人的时候，最好不要逞强，那只会害了你。"

"懂了，好汉不吃眼前亏。"我点点头，"可真的可以完全避免吗？"

"快别做梦了。"

"喔喔。"

"在这里人的胆子会越来越大，也会变坏。"

"嗯"。我嘟囔道:"过几天你回去干吗?"

"我可能会出门一趟。"

我"哦"了一声,心想你骗鬼呢。我们翻过两个山头,跟着一条干枯的河床向上游移动。离目的地越来越近,他说最后休息一次。

我第一次来巡山队后,和旦加、道尔吉他们在一起,那时候道尔吉虽然也酗酒但没有他死之前那么厉害,而旦加和现在一样,一点也没变。我们仨那天喝了酒,酒是从家里带来的,是谁的我记不清了。喝完酒我睡了一觉,醒来时天也亮了,拾掇一番,就去巡山了。那天他俩难受得要死,在半路上不走了,我们商量着那天我一个人去,然后我可以休息两天。于是我一个人去走完剩下的地方。所以,事情就发生在剩下的路上,我在桑赤弯里碰上那些人,他们有六个人,出来两个把我抓住了。年轻的那个人拿一把漂亮的匕首搭在我的脖子上,威胁我说出其他人在哪儿。另有两个人分别跑向附近的两个山头,去查看四周的动静。我看到他们给下面的人打手势,然后年轻人松开了我。我跟着他们往桑赤湾的深处走去。他们一句话也不说,我也探不出什么。等到了一个临时的营地,他们好像在商量要把我怎么办。我以为他们闹分歧了,但没有。过来一个戴着贼娃帽子的人,在我的大腿上捅了两刀,一刀很深,我清晰地感觉到大腿被穿透了。他们这么做的目的就是不让我去报信,要是我死了,那就是活该了。

"在荒无人烟的地方,人更容易产生邪念,胆子更大。"

他默然点头:"他们走的时候拿走了我的枪。那是我最珍爱的东西。"

"你有枪?对,你肯定有枪!但你怎么不开枪?"

"开枪不是随随便便就能做到的。"他看着我,那眼神中含有很多意思。

"然后他们一直往山上去,很快翻过去不见了。我一直眼睁睁看着他们离开,这才怒不可遏地喊叫起来,但谁听呢?嘿嘿!"

"你首先应该处理伤口。"我莫名其妙地着急,仿佛他的遭遇妨碍了我什么事。

"我用围巾把伤口扎住,但效果不大,我以为就这样完了,因为我什么都没带。但过了一会儿,血不怎么流了,我又觉得或许还能活下去,于是我找了根树枝,一瘸一拐地朝营地走。但太远了,我开始思考如何度过接下来的残酷的夜晚。"

"你晕血吗?"

"什么玩意儿?"

我改口说:"我说你有血吗?"

"我想是有一点的,不然我就死了。当时有一点晕,其他的倒没什么,连痛都不怎么痛。"

我感同身受地说:"荒山野岭一个受伤的人,难!"

"到了后半夜,我看见手电的光。他们在山口哇哇地叫。我搭了老命地喊,才让他们知道我在哪里。"

"你应该点一堆篝火。"

"你以为他们会把火柴给我留下?"

"呃,也是。他们是专业人士。"

"我第一件事就是把道尔吉和旦加叫到跟前来,给了几巴掌。道尔吉捂着脸吭哧着,把我背上了。"

"你没说你逞能的细节。"

"算了,不说了。"

"说说嘛。"

"羞愧,不说了。"

"说来说去,这伤就是因为巡山而留下的。"

他哈哈一笑,嘲讽地说道:"怎么回事?巡山队都是我的家了,还有谁比我更上心?"

听完了他简单的故事我们一口气走了两公里多。然后在一片灌木林里躲藏起来,他用望远镜搜查西面一个山坳,神情很凝重。他拍拍我,悄然地往更隐蔽处退去。直到我们看不见那边了,他才说:"是他们。你看那片林子。"他指着从我们处身之地平行过去一公里的地方,"那里肯定有鹿,他们在对面埋伏。肯定有好枪,不然打不了这么远。"

"我什么也没看见。"

"他们很有经验,都是老手。"

"汇合地不远了,咱们快过去。"但一看他的表情我就明白了。现在怎么走都有被发现的可能。他们的狡猾不用怀疑,一点风吹草动都会惊动他们。返回,再迂回的话,时间上来不及。他们会待多久?我没什么好主意,只好看他怎么说。他抹了手套,而后非常耐心地检查别的地方有无异常,他爬到一簇高山柳下,在高山柳的掩护下四处搜索。我紧趴在他身后,用手捂着眼睛，抓紧时间让眼睛休息。

接下来该干什么我毫无头绪，也不想问这个。我只要跟着他就行啦。金盖两次有机会逮住盗猎者，但都没成功。按他的说法是失去了先机，他追不上，只能遗憾地放弃，但根据我从散布德得到的说法来看，是他太过谨慎了，等于是故意放走的。

"他从那次就已经吓破胆了。"道尔吉说起来很有一番得意的意思。我不知道他得意什么。我觉得事情并不那么简单，不然他又回巡山队干什么？散布德说，也许他还不愿意承认自己被吓破胆了。

我有些心虚地注视着金盖长长的背脊，这会儿他把望远镜对准了很远的地方，那里一片银辉闪耀。那里和我们没什么关系。

他收起望远镜，戴上墨镜说："我没搞错的话，他们已经得手了。"

"什么时候？"

"应该是早上。他们想再干掉一个。"

我们向山坡下滑去，他提醒不要扬起雪。他在关键时刻比我敏捷，我要全力以赴才能跟得上。我们来到灌木林的另一边，离他们更远了。金盖说出他的主意："要是再过一会儿还没有响动——我估计不会有了——到时候咱俩闹一闹。"

"怎么闹？你说了不能逞强。"

"惊动他们，让他们不知道我们有多少人。"

"哦。好吧。"

"我们开一枪。枪一响,散布德他们就会过来。"

"他们可能已经在往回走了。我们迟到了两个小时。"

"我们必须试试。"

金盖带着我到他们右面的一个山梁上,是在他们的斜对面。这个角度不易被发现,我们藏在柳林里,匍匐着前进了一会儿。金盖稍稍抬头,他在找一个合适的角度,既可以清清楚楚看见他们,又不会被他们发现。他再次往前挪了一点,然后朝我点点头:"就这儿吧,你不要老是抬头,当心被发现。"

这儿周围都是雪,我们在一个刚好露出一小片草地的地方。我不敢到处看,担心眼睛的伤势加重,只好趴在那儿眯着眼。

那边有两个人站起来,似乎已经放弃了第二只猎物。隐隐约约听到说话声,其中一个声音非常尖锐,像摩托车的喇叭一样,另一个好像是在尿尿。接着又站出来两个,他们一起朝这边走来。

金盖一哼,他也立马站起来,用枪对准了他们。我没动。接着我悄悄地跑向山顶,在石头后面藏起来。然后我把一个脸盆大小的圆石头向山下滚去,石头越滚越快,发出极大的动静。他们分开了趴在地上。金盖换了一个地方趴下,举枪瞄着那边。

一段长时间的沉默。金盖很有耐心,好像这么永远等下去都无所谓。对面最终还是开口了。

"对面的兄弟,那位朋友,"一个男人喊道,"我们没有枪,你看见了吗?我们没有枪。"

金盖没说话。他在等他们接着说,好从中得到一些信息,但我认为没多大用处,他们不会说他想知道的,更有可能会混淆视听。那边的人等了一会儿,又出声了:"我们没干什么。我们没有皮子。"

这时金盖说了:"那头鹿还是麝香,难道是自杀的?把你们的枪扔过来。"

"我们根本没打。"

"扔出来。"金盖喊道,"你们最好搞清楚。"

"算了。麝香是你们的了。"那人说。

"我开枪叫人了,我的同伴就在附近。快交出来。"金盖看起来威风凛凛。

那边站出来一个人。

"别动,把枪扔下,然后滚!"金盖慢慢地往前走。那边的人丢下了枪,其他人站起来,分散着退去。

我替金盖捏把汗,他的胆子真他妈的不得了,竟然用一条破枪把他们唬走了,还缴获了一把枪和猎物。我一直躲着没动,我不相信他们只有一把枪,真正的枪手说不定就在某个地方瞄准了我或者金盖呢。

半个小时后金盖和我来到那些人待过的地方,雪地上有一个很小的脚印,看着像女人的。金盖说就是女人的。接着我们到了麝香跟前。

金盖一边抽着烟,一边检查缴获的枪:"点火,让散布德他们过来。"

"枪怎么样?"

"一把好枪!"他说。

"他们可能没子弹了,不然不会离开的。"

"管他呢。"

点燃的木柴很快浓烟滚滚。我们在另外一个小火堆上烤馍馍。我的眼睛又开始闹腾了,只要一闲下来,它就不会放过我。我特别想去追踪他们,看看有没有新的发现,但又想立刻回去,闷头睡个一天一夜。

金盖在暮色中沉默,一根接一根地吸烟。

"这麝香怎么办?"

"抬回去,交给他们。"金盖说。

"听说从明年开始森林派出所的人就不来了。"

"胡扯的,都传了几年了,还不是年年来。"

"听说这次是真的,要出新的政策。"

"上有政策,下有对策。还是我们自己的办法最管用。"

"可不是,"我说,"实干起来才知道怎么做最好!"

我想起那个小脚印,不明白女人来这儿干什么。这让我更想去追踪,想找到她,问问她。

吃了烤得焦黄酥脆的馍馍,喝了在铁茶缸里烧开的雪水。我俩斜躺着抽烟。篝火最旺的那会儿过去了,火星子飘上天,四处散去。漆黑的夜晚星星格外多,仿佛越冷,星星就越高兴,就越愿意出来亮个相。

来的是道尔吉一个人,他悄无声息地突然出现在火光中,把我惊吓得不轻。按他的说法,是在考验我们的警觉性。他认为根本不合格。然后说了独自前来的原因。"散布德追着一些脚印去了。"他看着麝香说,"我就知道这里有事。"

金盖有些生气:"难道你们没看见烟火?"

"看见了呀,所以我过来了。"

"他什么时候过来?"

"两个小时内他会返回,来不来这里我就不知道了。"

金盖把缴获的枪背上,把旧枪给了道尔吉:"你在这儿守着,我和巴图去追追看。看看能不能找到他们的老巢。"

道尔吉撇撇嘴,一副不以为然的样子:"他们不可能在一个地方待超过三天。再说今天被你一惊,他们肯定是不会回去的。"

"告诉散布德,今年能不能超过索朗扎西他们就看这次了。"

"干嘛非得和他们怄气。"

"我也想知道,但他们就是这样对待我们的。你想怎么样?"

道尔吉点点头。他的脸上露出一种古怪的表情,好像发现了什么秘密似的笑起来。他自个儿哈哈笑了一会儿,然后用一种"你知道"的眼神看着金盖。

我和金盖再次出发,行走在淡紫色的夜幕中。道尔吉点起的火光红彤彤地照耀着那边的天空和大地。

那伙人是往南走的。而我和金盖却朝东而去。金盖和白天比起来判若两人,他在黑暗中凝聚的力量和自信让我目瞪口呆。我发现他已经沉湎在了一个非常可怕的幻境中,他在自我陶醉着……

为了防止意外我出声打断了他的这种状态:"你真的能找到他们?就算找到了又能怎样。"

"嘿嘿,找到我一个一个打死他们。"他说,"一个一个干掉

接下来干什么 | 129

他们。"

"你疯了吧?"

"哈哈,别担心。"

"我想咱俩配合起来效果更好。"我忧心地说。

"你知道今晚为什么不是很冷吗,就是为了方便我们干活。"

"已经够冷了,我都冻僵了。"

"你里面穿皮夹子了吗?"

"没有。"

"那就活该了,你怎么不穿,你难道没有?"

他停下来给我看他的皮夹子,是用狼皮做的。一看就知道够暖和。

我本来觉得皮夹子是多余的,白天要是穿着走路就太热了。但我没想到连晚上也要工作,这是我始料不及的。"要不然算了,咱们回吧。我的眼睛还难受呢。"

"眼睛没事,谁没经历过这一关,过一阵子就好了。"我们站在一座垭口上,金盖让我噤声。他放开感官去捕捉,过了一会儿说:"到了这会儿咱们就不要半途而废了,坚持就是胜利啊!"

"我总觉得你在拿命开玩笑。"

"闭嘴吧小子,我知道自己在干什么。"

"那你说说具体的,说说你的细节。"

"你干脆去问问他们有没有计划好了。"他居然用嘲讽的语气说,"计划没有变化快。只有傻子才会浪费时间在狗屁计划上。"

入夜以后,他自负到了难以相处的地步。我在他的不断的变化中发现他对追踪的兴趣远远要超出这件事本身,似乎只要他高兴(就像现在这样),其他的就显得无所谓了。所谓的报仇就是一个噱头,他很有可能在报仇的过程中将本质变异了。最可气的是他竟然一副享受的模样而没有意识到问题的严重性。或者他早就明明白白了,却不割舍,装糊涂。

十年前是金盖的黄金时代。他一夜间变成了游手好闲、吃喝玩乐的令人羡慕的"享受"人。他好端端的父亲突然去世了,把守得紧紧的财产全部留给了他。这些财富是五百多只羊、一百六十多头牛、三十二匹马、三千多亩草场和四万元的存款。另外还有放出去的两万元的高利贷。他简直富得流油了。一觉醒来,压在身上的大山没了,他觉得自己的时代来临了。他欢呼雀跃地、迫不及待地买了一辆心仪已久的摩托车,又买了一身名贵的衣服。

他一点也不在乎老父临终前的威胁:要是你败家,我一定不会放过你!

他根本就认为老父在瞎操心,他怎么会败家?这种傻事是他这么聪明的人会干的吗?因此他把父亲的骨灰撒在牧场上的时候,还开玩笑说,你就在这儿看着,看我是怎么败家的……为了显得更有诚意,他把少得可怜的骨灰撒满了牧场的角角落落。他高高兴兴地这么干了,全然不顾别人的反对。他以一句"他要求这样"顶回了所有的声音。他发现死去的人依然有用,只要运用得好,真的不失为一个撒手锏。

他打算好好利用一下，父亲生前的时候尽是在利用他，现在他还回来是天经地义的。他得意的是自己的聪明才智总会在不经意间给他惊喜。

他处理完老父的所有后事，已经是晚春了。为了彻底把自己从枯燥无聊的放牧生活中解脱出来，他果断地雇用了一个放羊娃。至此，他抓到了两个名声：第一个不自己挡羊的人，第一个骑了五千多元钱的摩托车的人。那段时间他走到哪里，都有人在议论他，议论他闲适的优哉游哉的生活和那辆惹眼的黑色摩托车。

再接下来，他骑着摩托车到处跑，到处瞧，见识世面。他的心越来越活络，越来越飘荡了。回来后他觉得这里的每个人都土得掉渣，让他没有一点想交往的心思。至于掌家一年就花掉了老父十年也不一定能花出去的钱，他打心底里就不当一回事。他始终觉得只要自己认真起来，那些钱照样会乖乖地回到自己的口袋里来。他已经在谋划一件事情了，这是他远足后的一个重要的收获。

在他讲述的间隙，我忍不住问道："你那一年到底花去了多少钱？"

"算上挡羊娃的工钱，大概过了三万了。"

"你哥也不管管你？"

"他早就分家了凭什么管？"

"怎么说也是哥哥。"

"那时候我们不对路，说不上三句话准吵架。"

"现在也吵？"

"几个月前他死了。是胃癌。"

"我都不知道。"

"除了我,谁管他。"

我们躲在一个凹地中。没有风,四下格外安静,安静到只要你出声了,即便再细微也能听得清清楚楚的地步。他盘腿坐着,用大手揉着膝盖,他接着说:"接下来的事……你知道吗?"

我摇头表示不清楚。

"后来我结婚又花了一些钱。卖掉了一些羊,也把剩余的存款全花光了。"

"你是什么时候离婚的?"

他示意我安静,伸着耳朵听,然后指着远处的一个方向说:"你看他们在吃饭,你看那边,天空的颜色和别的地儿不一样,是有了火光的缘故。"

我看了半晌,没瞧出有什么不一样的。他打断了我的询问:"一时半会儿他们也走不掉。我再说一说,说完了咱们就走。"

他再次沉湎于岁月的海洋中,那些往事如同浮游生物一样围绕着他,别人看不见,但他自己却感受得清清楚楚。

尽管他瞧不上家乡的人,但也还没有自大到无边无际的地步。他知道要娶老婆,还是家乡的靠谱。那时候他二十四岁,老父在生前考虑过他的婚事,现在有两个姑娘在不出任何意外的情况下供他挑选。他见过她们,差别很明显。老父不知安的什么心思,给的选择看上去好像是不用选择的。只要脑子没毛病,任何人都会选择漂亮的那个。虽然说另一个也不能说丑,但人和人就怕比较,一比较就有意思了,一比较他就彻底对另

接下来干什么 | 133

一个失去了兴趣,连稍微了解一下的兴趣也没有。这是他后来特别后悔的一件事。不过他也说了,即便当时他了解了她,知道她有很多优点,明白了她才最适合做媳妇……即便是这样,他也一定会娶漂亮的那个。谁不想自己的老婆漂漂亮亮的,而且她当时看起来也挺贤惠的。

金盖怀着天降大喜的快乐娶了漂亮的媳妇,正如他现在对她一点不在乎一样,当时他娶她花了几万块也是一点都不在乎。他甚至觉得有些委屈她了,因为他没有把自己漂亮的老婆娶到一栋新房子里来。所以在新娘对他露出甜美的笑容的时候,他一激灵,就打算盖房子。他才不管老房子其实一点也不老,它正是几年前老父给他盖的新房。

他的行为在别人看来就是在抓名声,就是在败家。

不过听他的言外之意,其实真正的原因是因为妻子对死过人的房子充满了恐惧,这种恐惧里起初带着敬意,敬意绵绵成怨、成恨。等到初春,她便再也不肯踏进房门一步了。

他说一拆一建,他又花了几万块。他随心所欲地挥霍着家产,做事从不愿意多动动脑筋。他把财富的收获寄托在根本就没谱的事情上,比如母羊产下三百只羊羔,这是一笔财产,母牛产下四十头小牛犊,这是一笔……再有几匹小马驹,这又是一笔……

愿望美好,却要成为现实才是真正的美好!那年春天连着刮了七十天的大风,大风时而坚壁清野,时而沙尘滚滚,所有的羊羔都死了个精光。大羊也死了不少,活着的也就是在苟延残喘。接着有牛死去……有马死去……所有的畜生都是一样的,它们和人一样要看老天爷的脸色过活。所以在老天爷的怒火下泯灭于尘埃也是理所当然的。对此金盖不能责怪老天爷，因为老天爷做什么事都是有道理的。他当然也不能责怪畜生，因为它们自始至终都是没有发言权的。难道要责怪自己？但他觉得自己并无过错（他如今好像也这样想），又凭什么责罚。但罪名，总是要有去处的，他思来想去，认为罪魁祸首不是别人，正是他美丽的妻子、漂亮的老婆！他先是大吃一惊，随后越想越觉得有道理，越想越觉得自己蠢。终于某一天他受不了了，在一种灼烧的屈辱感中把她痛揍了一顿，赶走了。

他赶走她和娶她一样没有道理（这是他的原话）。他有一种原始的上当受骗的愤怒。他再也不想见到她，再也不要她了。即使她带走他的一半财产他也在所不惜。直到这一刻他才意识到，原来日常生活居然有如此巨大的能量，他所谓的梦想就是幻想。他固执而带有惯性的潜意识频繁出来捣乱，让他应接不暇，以至于在好长一段时间内分不清生活的真伪。

也正是在那一段时间，盗猎者们出现了。村里和乡政府组织牧人"自己守护自己的家园"，他和一些人来到夏营地，开始了巡山。这样过了两三年，每年冬天他都会要求来巡山队。他在这里认清了自己的本质，但他也诧异地发现，自己又非常不幸地陷入了酒精的圈套中不能自拔。这次他可是清清楚楚的，所以他的执着和果断派上了用场，他把酒戒了。他环顾周围，一切都变了。曾经的一切过眼云烟，恍若梦一般。他再也没有了一只羊、一头牛、一匹马。他在连自己都不清楚的某一天醉醺醺地把草场租给了别人十年，得来的钱以液体的方式进入了他的身体，刺激着他、麻痹着他、迷幻着他。有谁能比得上他？他的豪放把自己给放倒了。所谓的败家子真不足以形容他的所作所为。

他再次认识了世界，认识了自己的世界。

于是他痛别了过去的生活，背起行囊进了大山，成为永远缺少人员的巡山队的最固定的一员。

他点了一堆火。由于位置巧妙地处在一片凹陷的石崖内，所以只有很少的一点火光出现在外面，而且超过一定的距离就什么也看不出来。这就是一种极为有用的本事。不是谁都能做到的。

"火光一碰到石壁，就会产生一些变化，除非是非常有经验的人，而且还要运气好，正好在一个恰好的位置上，否则发现不了。"他平静地说。

"我应该当成一个故事随便听听呢，还是当成你真正的过去。"

"过去的可不就是故事吗？讲述过去的人，其实都是在讲一个故事。"

"有朝一日，这些故事也许就会成为传奇了。"

"我什么也没留下，但倘若以后有我的一些传说，也挺好。你说呢？"

"好气魄！我愿意帮你一把，但今天你给我讲的故事，似乎包含的意义很多。"

"在晚上讲故事，永远比别的时候更有意义。尤其在这样一个寒冷荒凉、枯寂的冬夜。"

"我真不敢相信你以前是那样的人。是过去的经历让你变得像哲学家了吗？"

"要不怎么说苦难才是最好的老师呢。"

"苦难折磨人，会把一个正常人弄疯了，弄死了。"

金盖鄙夷地撇撇嘴："好了，你去拿些木柴来。"

"我说得不对？"

"能熬过去的人才值得我们尊敬，那些没能过来的……不说也罢。"

"咱们什么时候过去看看？他们不会已经走了吧？"

"你的眼睛还疼吗？"

"疼死我了，又痒又酸，又困又疼。"

"我们回去罢！"

"好啊。"我说，"把火扑灭了吗？"

"不用，把柴火都放上去。"

我说："好啊。"

金盖没再说话，他朝黑暗中眺望。那边有一个若隐若现的亮点。

禿鷲

1

雪一直下个不停,像头老病牛在撒尿,断断续续没完没了。

海日硌到处都是耀眼的白色。这种白仿佛什么也没有,但又确确实实地存在着。天空的阴沉都失去了应有的严峻,让人以为马上天气就要晴朗了。

那日托勒正在剥着牛皮,他身后还有几头死去不久的牛在等待着他的光顾。他干得满头大汗,汗水是混褐的,从他脸上壮观的沟壑里流下来。他周身热气腾腾,刺鼻的味道散布在周围。他十九岁的儿子那日巴音皱了皱鼻子,饶有兴趣地观赏着阿爸正在往艺术领域发展的剥皮技术,并不时地和旁边的小叔做个比较,看看谁技高一筹。

十几头秃鹫在低空滑来滑去,好像下一刻就会滑到他们头顶,把他们的头皮一把揭去。

那日巴音抬头望着秃鹫。它们盘旋不去,总是趁人不注意的时候一冲而下,在剥过皮的或者没有剥过皮的牛上残暴地撕吞几口。坚硬而又鲜红的牛肉到了秃鹫的嘴里就变得软弱可欺了,一点也不如前一刻冷酷。这十几只秃鹫专门和他们家过不去,它们把还没剥皮的牛撕得到处散落,碎肉散满了雪地,就像在一碗雪白的酸奶里撒了一把红糖。那日巴音把一根棍子向秃鹫甩去，砸在一头鹰视狼顾的秃鹫头上，秃鹫血红的眼睛闪动凶光，锁定了他，但没有发动攻击。那日巴音手里还有一根棍子，他不敢再扔，心里骂它们都是无能的散兵游勇，那个大坑里的那么多肉抢不到，被打了出来。明明是战败之将，却要在他这里耍威风。

而那日托勒已经不会关心这种事了，他要剥牛皮，现在他的生活就是剥牛皮，多少天来一直都是这样。他觉得这和悲哀无关，和生命无关，和死亡也没有关系，到底跟什么有关他也不清楚。没有时间去思考这种问题，他要在这些死牛冻硬之前把皮子全部剥下来。每一张皮子都意味着钱，一头牛和一张皮子他已经衡量不出哪个更加值钱了。他头一次觉得牛皮居然比牛肉可爱多了。

他家的帐房一面被埋了一米深，另一面埋到了一半。帐房像折了腰的老牧人一样苟延残喘，随时都会破裂倒下，他的女人拿着铁锹撅着屁股在铲雪，女人没有戴手套，手冻得通红，她一点也不在乎。她的手已经冻伤了。那日托勒看着女人，一股愧意朝着心头来了。她跟着自己没有好日子过，但她像一头不知疲惫的母牛一样操劳着，把自己操劳成了一张枯矮松弛的皮子，把一身的血肉都快消磨尽了，到现在，这种日子还是没有尽头，但她从无怨言。她把男人和儿子照顾得舒舒帖帖的。二十年的时间里，他跟她发过无数次火，而她像一具收气的皮袋一样把所有的火气收进了自己的身体，但她的身体并没有鼓起来，反而越来越瘦扁。

那日托勒的儿子也像他一样没心没肺。以前他不觉得这有什么不好，儿子像老子还让他颇为得意。但是现在，看到他目光轻浮，身无端正，跟自己的母亲说话带有十二分不耐烦，从来不正眼去瞧瞧母亲……见到儿子的这个损样那日托勒的火气就压不住了，在儿子极度夸张的惊愕中把他踏倒在地，他恨恨地在巴音的身上抡了几拳，又在屁股上踹了几脚。那日托勒长出了一口气，腰板似乎也直了一些。履行了一次作为老子的权利，他发觉原来打儿子是一件这么舒心爽肺的事情。这让他对原来的生活有所不满，觉得自己吃亏了。他决定以后如果那日巴音不听话那就打他，他现在一点也不喜欢说话。

那日巴音不明白这是为什么，阿爸突然间的变化让他措手不及。他顾不上身上的疼痛，仔细回顾了刚才的言行举止，并没有什么不对的地方，完全符合阿爸一贯的"要求"。可那到底又是为什么呢？来不及去思考更多就听到身后沙沙的脚步声，接着屁股上狠狠地挨了几脚。阿爸朝他吼道："还不扫雪去，信不信我打死你？"

那日巴音慌慌张张地起来去扫雪了。老半天都混混沌沌地回不过神来。等他再次思索的时候，已经是傍晚了。那浓重丰厚的乌云似乎又加上去了更多，比昨天更加有气势。空气中的寒冷以格外明显的速度增加着，肯定又是一个破纪录的寒夜。那日巴音偷偷地观察阿爸，发现阿爸的脸色已经不像一个正常人了。那日巴音立刻离开，深一脚浅一脚地去赶牛。他突然觉得往日美好的日子一去不返，从今往后就要生活在水深火热之中了。

2

　　这个冬天,牛的处境艰难,遭受大灾的它们一个个饿得跟鬼似的,相互瞅着都不顺眼,更别说狼了。狼现在看都不看它们一眼。

　　它们只能吃从农村千辛万苦拉来的少得可怜贵得要死的没有一点营养的黄草。隔三岔五地加一点带着微微的绿色的燕麦就算是吃了一顿好饭。所有今年的小牛犊都死了,一个也没活。不只是它们死了,就连它们的母亲也死了,是被它们活活吃奶吃死的。为了这些母牛和牛犊,阿爸和阿妈狠狠地吵了一架,阿爸想让牛犊饿死,从而最大可能地去保住母牛,不管能不能保住,起码也是一种可行的方案。但阿妈不同意,死活不同意。她既不想牛犊死也不想母牛死。她想着会有奇迹出现。那日托勒说这不可能。但他的女人执意这样,还说要活就全部活要死就全都死。最后那日托勒妥协了。后来事实证明,奇迹只会存在于极度的偶然性中,一般很难遇到,哪怕是灾难中也不行。

　　那日巴音来到给牛撒了草的地方,看着一个个仿佛随时会倒地而亡的牛,觉得生活实在是太他妈有意思了。去年这个时候阿爸阿妈还在为牛群膘肥体壮、数量有可观的上升而窃喜不已,不承想今年就峰回路转乐极生悲,说是被打入地狱也不足以表达这场灾难给他家带来的残酷性。他家的牛群,完全看不出几个月前的意气风发。它们都是一个眼神——绝望。它们也知道，如果这种天气再持续下去，最多二十天，它们都得死，活活地饿死！有的牛已经死了，像他阿爸剥的那些，它们都是饿死的。也有些是自杀的，原因是它们绝望得不想活了。那日巴音以前从不会关心畜生死了对他会有什么影响，但现在，他认为牛不能再死了，再死他家就成穷光蛋了。离家不远的那个大坑里堆着无数的牛的残骸，他家几十年累积起来的财富有一半现在都住在了坑里。与它们同住的还有大量的秃鹫。秃鹫很凶猛，从不让人接近，就算你给了它们那么多的肉也没得商量。这不是它们说的，而是它们用行动阐述的。

　　那日巴音第一次因为畜生的死而流泪了，这真是一个不好的兆头。他哭得一塌糊涂，哭得伤心欲绝，哭得让他想起了一个严重的后果，他知道家里没钱了。这时候他如果提钱的事，那是在要阿爸阿妈的命。那日巴音自认不是个好孩子，但没到漠视父母生死的地步。就算退一步讲，阿爸阿妈肯把剩下的牛羊全卖了来凑这笔钱，可那也得有人要这些牛羊啊！以现在的情况来看别说是买，就算是给也未必有人会要。然而桑吉玛说了，再过几天去年来收羊的那个海南人要乘人之危来提亲，她的阿爸打算同意这门亲事，以换取对方在日月山一带的一片草场一年的使用权。那里没下多少雪。假如真要成的话，她阿爸就会把牛羊全部弄过去，等灾难过去了再回来。对于她阿爸来说，草场是一个无法抗拒的诱惑。那日巴音觉得所有的不幸全部都来找他了。

　　他想到桑吉玛可能会成为别人的女人就哭得更伤心了。他想不出一个好办法来。我要是大坑里的那些秃鹫就好了。那日

秃　鹫　｜　145

巴音想,我和桑吉玛都是鹰,都是吃得飞不起来的鹰,一直依偎在一起。

那日巴音哭了一会儿,天就黑了。他看着摇摇摆摆回家去的牛突然不好意思起来,记不起来上次是什么时候哭过,反正是有很长一段时间。哭了一场,把心里的委屈都发泄了出去,浑身都舒服了很多,他现在想等天黑以后就去和桑吉玛商量一下到底应该用什么办法才能最有效地把两人的事情定下来。

那日巴音虽然不是草原上最优秀的青年,却是最好的放牧员。自那一年在放牧的时候认识了桑吉玛后,他就一直从早到晚跟在牛屁股后面。他在放牛的时候和桑吉玛相亲相爱,也在放牧的时候让她变成了他的女人。所以到现在为止,他对放牧一直都抱以热忱的态度。如果说他有什么爱好的话那么放牧一定是其中之一。那日巴音喜欢桑吉玛是众人皆知的事情,所以尽管桑吉玛长得漂亮但也没有什么人来跟他抢,他原本以为他和桑吉玛就像结识一样最后也会永远在一起,这样就很好了。那日巴音别无他求。可他做梦也不会想到只因为一场突如其来的雪灾就让他以为很牢靠的事情出现了变数。那天桑吉玛对他说了这件事,但当时他并没有太往心里去。桑吉玛说你要快点想办法。桑吉玛的担忧果然有道理。

3

那日巴音的小叔巴斯,人们都叫他尕巴斯。他娶了四个媳妇,最后都跟别人跑了,因为传言他性无能。以前有女人的时候常常喝酒,不是他多么爱喝酒,严格意义上说他并不是一个酒鬼。他喝酒是因为只有喝了酒他才可以勉强成为一个男人!那日巴音没有考证过事情的真伪。那时候他还小,根本不懂。不过从小叔那灰败的人生经历来看,那日巴音不得不相信。

说起巴斯的几个女人……他娶第一个女人的时候刚从学校出来,年轻有为意气风发,大有要干一番事业的架势。他先开始放电影,过了差不多一年后改行做起了医生,这是家族的老本行。他阿爸对这件工作大力支持,于是就把他带在了身边教导。又过了一年后巴斯学会了治疗常见小病的手艺,可以给胃病和胆痛的人开药方。只要不是胳膊大腿折成几节的话,他也能勉勉强强弄得过来。他父亲直夸他继承了家族的传统,有当医生的天赋。所以为了更加有系统地锻炼巴斯,从第二年后半年开始他就一个人在草原上行走当赤脚医生了。也就在这个过程当中他认识了第一任妻子冬梅,被她的美丽和别的什么东西所打动,发誓要娶她为妻。巴斯用他的高大和英俊征服了冬梅,两个月后就把她娶回了家。之后……这无疑是对他们的一种讽刺,事实上他们从一开始就闹起了别扭,巴斯经常在房间里大喊大叫,让人不得安宁。

冬梅和巴斯一共待了十三天就走了,再也没有回来。听说她回去之后就嫁给了一个藏族男子。冬梅走后的第三个月,巴斯的阿爸也走了,死于家族的另一个传统——心脏衰竭。

也许是巴斯的阿爸走之前对自己的妻子有所交代,在巴斯的阿爸死后不久他阿妈就为巴斯找到了一个合适的人选。这个女孩是青海湖河口地区的,她的父亲曾经与巴斯的父亲交情不浅。不管是出于什么样的原因,总之他还是答应了这门亲事,并且以最快的时间完成了简单的婚礼。

巴斯的第二任妻子长得不好看,与前一任天差地别。把巴斯和她放在一起很难看成是一对夫妻,假如时光倒退百来年的话他们更像是头人与仆人的关系。巴斯的第二次新婚之夜他照样还是发出了狗熊一样愤怒的嚎叫。不同的是他妻子小银措比前一任好多了,既没有甩脸子也没有胡言怪语。她神色如常地每天都尽着一个妻子的职责,从她的脸上看不出什么想法。可惜好景不长,有一天两口子吵了一架她就回了娘家,然后就再也没有回来。对待此事巴斯无比平静,好像一去不回的不是他的妻子一样。巴斯的这一任妻子走得既体面又不留话柄,而且不显示自己的存在感,就仿佛没来过。

巴斯是在娶了第三任妻子的时候发现了喝酒能行房事的秘密的。有一天他喝得醉醺醺的回来后搂住了银保,也就是他当时的妻子。在与银保的撕扯中他有反应了,这让他欣喜若狂。这也许是巴斯人生中最快乐的一段时光。当亲人们都在祝福巴斯和他的妻子的时候,他的幸福生活结束了。一段短暂的美好时光更加惨烈地把他打倒。巴斯和这个叫银保的女人在争吵和打架中过完了整整一年。这是他所有的女人中和他生活最像两口子的一个女人,更是第一个让巴斯哭了的女人。

巴斯的第四个女人非常有想法。她对婚姻有一套自己的认识和理解,为了实践她的这套理论她先后离了五次婚。结婚的对象五花八门。到了和巴斯在一块儿的时候她已经快摸索出了一条行得通的道路和经验。结婚的时候她说要和巴斯约法三章，巴斯同意的话才可以和她结婚。具体的章节是两个人私下谈妥的，别人无从得知。她和巴斯过了三年。在此期间她给巴斯戴了无数顶的绿帽子，从偷偷摸摸到含含蓄蓄，再到光明正大。她把自己的那套理论淋漓尽致地发挥在了她和巴斯的婚姻上。三年中，巴斯的嚎叫成了一道风景，假如有可能的话，巴斯十辈子的嚎叫都在这一生花完了。

巴斯最终还是勇敢地把她赶走了，并且告诉那日巴音，永远不要在他的面前再提这个女人的名字。所以，那日巴音也忘了那个女人叫什么名字。

到今天，巴斯过着自由自在的生活。当然这种生活对于他来说可能还是痛苦的。巴斯话说得少觉睡得多，活干得少呆发得多。熟悉他的人会说他是被打击坏了，可怜！

巴斯有自己的牛，是他的阿妈临死前分给他的，完完全全属于他，和那日巴音家没有关系。有二三十头，不过现在都死光了，一头也没剩下。他对自己的牛完全采用一种我讨厌你的态度，在牛群最需要关注和照顾的时候也不理不睬。大多数时候都是那日巴音在看管。尽管那日巴音很用心，但牛还是死完了。那日巴音分析巴斯的牛死亡率之高之容易可能和他的态度有很大的关系。毕竟，牛也要看主人的脸色活嘛！

巴斯在家里就像幽灵一样，大多数时候大家都忽略了他的存在。只有吃饭的时候他会唐突地出现在大家面前，以前那日巴音被吓坏过好几次，后来就习惯了。

出于对晚辈的关怀，巴斯会挑时间跟那日巴音说说话，也会提到他有没有对象的事,并明确表示说看出来那日巴音有了女人。从这一点上可以看出巴斯并没有傻,他居然默默地观察那日巴音。而那日巴音从来没有发现过。巴斯有时候会突然对那日巴音假惺惺地笑,但他什么也不说。

这些都是往事。

往事不堪回首。

4

那日托勒勉勉强强把一张牛皮从僵硬的牛身上剥开一半后停下来,他说,剥个球,都扔了!

于是巴斯和那日巴音抬着牛往坑里走。

他们两个一人抬着两条后腿一人抬着两条前腿和头,拉扯着这头两岁的死重死重的小牛来到大坑前。巴斯看着坑里黑的、红的、白的、紫的、青的等各种颜色的尸体沉思沉默。那日巴音把牛推进坑里,发出了沉重的声音。

"我跟你说一件事,你可不要告诉阿爸!"那日巴音转身对巴斯说,"我还不想让他们知道。"

"什么事?"巴斯坐在坑边,点燃了一根烟。他继续盯着坑里的死牛群说,"你闯祸了吧?"

"没有!"那日巴音说,"我能闯什么祸。"

"那你说。"

"我想娶一个女人。"

巴斯看着那日巴音:"结婚不是随便的事,你知道吧?"

"可如果我不赶紧娶她的话她就要被嫁出去了。"

"要好好想想。"

"反正我告诉你,我一定要娶她。"他想了想说,"她说她要和我结婚。"

"谁?那个女人是谁?"

"桑吉玛。"

"哦,是个好女人,你不应该错过。家里可能已经没有钱了,钱都买了草料。现在……"他扯着嘴笑笑,"如果我把娶那些女人的钱都存留下来的话,现在你就不用担心了。"

"你说的不是废话吗?"

"不过也不要太担心,我会帮你的。"

"你怎么帮?你有钱吗?你有草场吗?你现在连牛也没有。"他一屁股坐在雪地里看着尸体说,"听说州县上有些饭馆会收死牛,要不我们拿去卖吧?"他眼睛盯着巴斯,"你看,一头牛卖五百块钱,十头是五千一百头就是五万!这不就够了?啊?"

巴斯摇摇头。

"难道不对?"

"根本行不通,谁要你这么多的死牛,就算要的话你怎么拉出去,你总不会用你的那匹瘦黑马驮吧?"

"实在不行就只能如此了。"

"你……"

"呵呵……我有那么傻吗!"那日巴音笑笑又拉下脸,"那我到底该怎么办呢?"

那日巴音和巴斯在傍晚的雪地里像企鹅一样一摇一挪地往回走。昏黑的云层里突然冒出十几头扇动着灰色大翅膀发出凌厉的呼啸声的大秃鹫，嚣张跋扈地在大坑上面低低地盘旋了几圈，然后一头扎了进去，更多的羽毛飞了出来。

回到家里，他小心翼翼起来。那日托勒用严厉的眼光看了他一眼，又继续做起了手里的牛皮搭盖。这是用来给体弱的牛做的被子，有很大的作用，尤其是现在这种又冷又饿的时期，可以救一些牛的命。巴斯也拿起一条皮子缝起来。

那日托勒对那日巴音说："你也跟着做吧！"

那日巴音哦了一声就坐在了巴斯的旁边。帐篷里的后柱上挂了一盏煤油灯，暗淡无光，被一些不知从哪里吹来的微风摆动得左摇右晃，那日巴音把眼睛睁得大大的也看不清楚手里针到底戳在哪里了。他看了看巴斯和阿爸，好像有没有灯对他们并没有太大的影响。

他偷偷地看了阿爸一眼，又对时刻关注着他的阿妈使了个眼色，他的阿妈心领神会，她往炉子里塞了几块牛粪之后对那日巴音说："巴音，你去揽一袋粪，我们两个下面。"

"哦。"那日巴音把皮子扔在一边拿着皮桶出去了。

"你就这么惯着他。"那日托勒头也不抬地说，"以后有你受的。"

她笑了笑什么也没有说。她把锅从炉子上抬起来，火苗蹿起来老高，把帐篷照亮了好多。这时候正好那日巴音把牛粪拉了进来，她接过袋子取出几块牛粪掰开扔进炉子里，又把锅搭在炉子上。帐篷里一下子又暗了下来。她拍了拍双手跟那日巴音说:"你去把脸盆拿进来,咱俩洗手下面。"

那日巴音出去了,片刻后他喊:"阿妈,脸盆在哪里?"

"就在小帐篷的左边。"

"没有!这里什么也没有!"

那日巴音在两个帐篷周围转了七八圈,其间他听到阿爸对阿妈说:"你不要出去,等着!"

那日巴音觉得那日托勒越来越坏了。他朝帐篷挥了几拳,踢了几脚,然后用适量的声音说道:"外面真没有!"

"滚!"

那日巴音气得胸膛起伏。他现在觉得那日托勒就是个混蛋!他冷笑一声,朝桑吉玛家走去。他很快没入黑暗之中。

6

雪夜里的草原比往日更加寂寞难耐。那日巴音独自一人走在雪地里,雪嚓嚓地响,响出了一种韵律。他就走在这种韵律里面。他走得快有快节奏的韵律,他走得慢有慢节奏的韵律。他乐此不疲。在这种欢快中他来到了桑吉玛家。桑吉玛家有两顶黑帐篷,都是用最好的牛毛织成的,里面还有加厚的毛毡。这是别的人家所没有的。她家住在一个能够挡住西风的坡下,但现在东风肆意,这坡似乎也没什么用处。洁白的雪地里面两顶黑帐篷非常显眼。那日巴音边走边观察,他很快来到右边的那顶帐篷门口,接着人影一闪就不见了。

秃　鹫　｜　153

那日巴音天明时大摇大摆从桑吉玛的帐篷里走出来。桑吉玛的阿妈刚出来要去挤奶的时候看见了那日巴音,那日巴音朝她礼貌地点点头,在她惊恐的目光中扬长而去。那日巴音心情非常好,好得不得了。和桑吉玛虽然没有商量出什么好一点的方法,但桑吉玛答应他,今生非他不嫁。他暂时放下了一块心病,只要在一年,最迟两年的时间里,能够完成她阿爸的还不知道是什么的要求,就可以娶了桑吉玛。至于她的阿爸会提出什么条件他还不想去考虑。此时此刻,他只享受那种玄妙的幸福感。

他没有回家,而是直接去了给牛群撒黄草的那个窝坑里,这是一个挡风很好的地方。他看见巴斯正坐在吃草的牛群的对面凝视着牛群发呆或者思考。他来到牛群的另一面,坐在了一片洁白无瑕的雪地上幻想起来。

他们在雪地里坐了一上午。

7

那日托勒没有对那日巴音说什么。他们谁都没有说话。吃饭的时候那日巴音发现阿爸的脸比以往要舒展得多了,就连阿妈也莫名其妙地朝他笑了几次。他在家门口没看见死牛,他也很高心。巴斯说昨天晚上一个也没有死。巴斯还说政府有一些救济也快到了,是昨天晚上村干事来说的。巴斯的话越来越多了!

"你和桑吉玛商量得怎么样了?"午后,巴斯和那日巴音走向牛群的时候问,"你小子连饭也不吃就走了,你阿爸问,我就都说了。"

"你都说了!"那日巴音大声地质问,"你出卖我?"

"别担心,我觉得是好事。你知道吗,我说了后你阿爸笑了。他说他知道了,还说要去一趟桑吉玛家,就这几天。"

"他真的这么说?"

"当然,我骗你干什么?"巴斯笑着说,"是不是特别高兴?"

"高兴什么,他本来就该如此。"那日巴音瞅了眼巴斯,绷着脸说,"谁叫他是我的阿爸呢。"

原原本本

1

　　柏子一本正经地站在哲么日山口。他刚刚从哲么日山的俄堡下来。他在山上诉说、许愿、磕头。他心里难过，犯晕，也恶心。不仅仅是因为他被赶出了家门，更多的是喝酒的后遗症。他在半路上对着一个老鼠洞犯了羊痫风似的吐起来，鼻涕眼泪跟着污垢之物流进了老鼠洞。他抬起头来，脸色蜡黄一片。他似乎好些了，他仰头对着阳光，闭着眼睛让太阳晒他的头和脸，以及整个身子。他一动不动，又耽搁了二十几分钟。一个多小时后他才站在哲么日山口，一脸沉重，快速翻动着嘴皮，声音像黄蜂扇动翅膀，不知道他在念叨什么。他双目金光闪闪地盯着铺开而去的一大片滩地，滩里草木稀疏。他觉得这片草滩很是猥琐。对，就是一片猥琐的滩地。在滩地的边缘有一户人家，帐篷像牛粪一样臭臭地趴在草皮上。他极不情愿去看那毡房，但又觉得最后看一眼也无妨。他皱着眉头，颧骨在那一瞬间就高高地隆起来，双颊也很配合地凹陷下去，嘴唇紧闭，似乎比以往更加有分量了。这一刻他像钢铁一样，像火一样，像大地一样。不过这一切都很快消失了。

2

柏子的手里像变魔术一样出现了一条皮鞭。这条皮鞭是用最好的牛皮制作的，坚韧、有弹性，打什么都很顺手利索，是一个理想的武器。柏子拿着皮鞭，感慨万千地回忆当年阿爸就是用这条皮鞭把他像赶牲口一样从盖德日贡玛赶回了家里。一路上他挨了无数鞭子，每一鞭都让他痛入骨髓。后来那一带成了他心中最伤痛的地方，他也恨透了这条皮鞭，所以当他离开的时候什么也没带，但却记得带上了这条鞭子。让柏子耿耿于怀的是他从来都没有用这条皮鞭抽打过任何东西，阿爸像保护他的情人一样地保护着这条皮鞭，从不让任何人碰它。这使他对皮鞭挂念异常，走的时候鬼使神差地就拿了它。

柏子不留恋什么，只是觉得这样走不光彩，并不符合他的要求。最理想的情况应该这样的：在一个风和日丽的清晨，所有的亲人都满脸不舍地站在一起。有的手捂着嘴，有的塌着肩，有的相互依靠着站立，大家一起难过、流泪。他微笑着朝大家挥手道别，他没有流泪，充分显示出了他果敢坚决的一面，他的微笑永远定格在大家的脑海里。他突出的后脑勺成了最亮丽的风景……这是他最心仪的一种离别方式，早在他刚刚萌生出离家出走的想法之际，便对这一天充满期待。而像如今这种情况并不是他所想要的。他像一条狗一样被赶了出来，灰溜溜地没有半点体面可言，他甚至没有一匹马。他已经走了好长一段路了，他最终感到一丝疲惫，于是就坐到了地上。只片刻，浓浓的湿气浸透了保暖裤、秋裤和内裤,然后侵略到他的屁股,柏子强烈地感觉到痔疮的蠢蠢欲动。他叹了口气翻身俯卧在草地上。午后的阳光温暖如浮动的温泉,轻轻缓缓地在他的后背上游来游去。柏子很快就昏昏欲睡了,他昨晚和家里人吵了一夜,身心俱疲,此刻浑身不自在。他头枕着手臂和皮鞭似睡非睡的陷入恍惚中。

哲么日山下的黄草滩在落日的余晖中金光灿灿,茂密且富有神秘感的高山柳包容着形形色色的低矮灌木和植被,占据着哲么日山所有的西坡,规模宏大、气势不凡,场面壮观异常,在悠久的岁月中这些五彩的植被没有发生太大的变化,但坡下的那条河却一年年缩小了。

柏子在傍晚时候被冻醒,他坐起来,然后想了想,决定去找查木。

柏子来到查木家的时候,查木正在给他三岁的小走马修理鬃毛。红枣溜马的两只后蹄是白色的,还有一点白在额头上,呈苹果状。红枣溜马体格健壮,毛色发亮,目光炯炯有神。不得不说这是一匹非常漂亮的马。柏子一直希望能有这样一匹马,这是他这些年最大的遗憾。

柏子像贼一样躲在一个土坎后面朝查木鬼鬼祟祟地招手。柏子不想去查木家里,准确地说是不想见到查木的姐姐,他和查木的姐姐有过一段甜蜜而又苦涩的爱情。如今分开已有两年,但他越来越不敢见到她,一直都躲着她。查木向他走过来。

"你啥时候能光明正大地进我家的门?"他走到柏子跟前,"你出事了啊?"

"我有很重要的事跟你说。我们换个地方说话。"

"我去拉马。我们骑马走。"

"她会看见我的。"

查木恨铁不成钢地瞅了柏子一眼说:"你在那里等我。"

柏子看见南方的一处天空群鹰旋绕久久未散。他幸灾乐祸地对查木说:"你快点,你的羊头上老鹰旋着呢。"

查木立马跑起来。查木和柏子骑马朝鹰群的方向驰去。四岁的红枣溜马在两个人的重力下跑不快,气喘得像一台破风箱。柏子搂着查木,他从查木的身上闻到了一种既奇怪又熟悉的味道,那是和女人有关的味道。"你昨晚干什么了?"

"嗯,什么?"

"你肯定没干好事,我都闻到了。"

"你闻到什么了?"

"你昨晚没干好事。"

"我昨晚去约会了,难道不是好事?"

"怪不得你身上有一股骚味。你不是说要把你的第三次郑重地献给你未来的女人吗?"柏子立刻饶有兴趣地大声问道,"你难道要和她结婚了?"

"不一定,难说得很呐。我再调查调查吧!"

"都查了多久了,还没够吗?你不妨先结了婚,然后慢慢查。"

"还早着呢。"

"这次我要走了,离开这里。你知道吗,我是被赶走的。"

"对于一心要离开的人来说,这都无所谓。我巴不得被赶出来,那样我永远都不会有内疚感了。"

"我和他们大吵了一架,我越来越讨厌这里了,现在我看见草原就讨厌。我要走,离开这里。随便去哪儿都行,去哪儿都比待在这里强。"

"这么说你是来和我道别的了。"

"我想听听你有什么好建议,作为你给我的礼物。"柏子突然抓住查木的手,假惺惺地说,"兄弟,也许我们要永别了,以后可能再也见不到了,你伤心吗?"

查木兴致勃勃地说:"我的想法是——我也要离开,咱们一起离开。怎么样?这个主意绝妙吧?"

"你也要离开?"柏子眼珠子瞪得大大的,"你为什么要离开,你离开了你姐姐怎么办?你怎么当弟弟的,对姐姐不管不顾吗?"柏子飞快地打了查木几拳,把查木从马上打倒在地。他自己也栽下来。

柏子狠狠摔在查木身上,他大声呻吟,但表情一点也看不出痛苦的样子。反倒是他身下的查木没了声音。柏子一下子站了起来,查木憋着红红的脸喘不上气,他手舞足蹈,仿佛随时会蹬腿一命呜呼。

柏子对查木又踢又掐。

查木半天才回过气来,他赶紧解释说他并不是不想管姐姐。"我的打算是要把姐姐也带上。我们一起走!那多好,你们又可以在一起了。"

"你放屁。"柏子破口大骂,"带她去哪里?我好不容易才摆脱她你现在居然有让我们在一起的想法。太荒唐了!我告诉你,

原原本本 | 163

我再也不会和她有瓜葛的,你就死了这条心吧!"

"那你说,我的姐姐怎么办?"

"还能怎么办?她那么一个大活人难道会饿死冻死?"柏子用毋庸置疑的口气说,"别管她。"

柏子和查木头碰着头躺在一起。

"你说,我们应该去什么地方好呢?"查木摸着鼻子,看着白云幻想道,"我们去云南罢!听说那里像天堂一样。"

"你知道天堂是什么样子吗,你去过?"

"你才去过呢。"

"那你怎么知道天堂美好?"柏子质问道,"天堂好什么?"

"我们去大城市见见世面吧?"

"去西藏吧。去布达拉宫。"

"没意思,北京或者上海这样的城市才叫大城市,西藏算什么?"柏子眨了眨眼睛说,"就去北京,那是首都,有天安门和皇宫。"

查木和柏子来到他的羊群刚才待过的地方,看见有五头大羊倒地而亡,鲜血洒满了草地。有两头大个头的草原狼在分别享用着两只羊体。它们见人也不怕,起身,慢悠悠地离开了。查木说死得好,他并不心痛。他来到一头死羊跟前,对柏子说:"你看这羊,是我去年从刚察收来的,今年刚刚四牙,可惜了。不过死得好!"他指着另外一头羊又说:"我估计这羊再过一个月就下羊羔了,这下好了,真过瘾!"

柏子在几只羊之间转了转,他说:"我对这些已没兴趣。咱们说说正经的吧,你走了,你的女人咋办?"

"我没有女人。"查木很肯定地说,"我没有女人!"

"昨晚约会的那个呢。"

"别管她。她不是我的女人。"

"那你还调查她,真混蛋!"

柏子和查木跑了一公里才抓住马。查木拽着红枣溜的缰绳,他的皮鞭早就丢了,他用柏子的皮鞭痛快地抽打起心爱的马来。柏子在一旁欢欣鼓舞地撺掇查木使劲打,最好打死,一了百了,反正以后也骑不上了。查木也许受了柏子的蛊惑,也许是自己正有此意,反正他把红枣溜开始往死里打。最后红枣溜不堪痛苦,挣脱查木跑了。查木早有预料地骂道:"果然是个养不熟的畜生。"

柏子和查木往与马相反的方向走去。他们来到一个岩洞前,查木说:"今晚你就在这里凑合一宿,我会在天不亮的时候到来,然后咱们就走。"

"现在走多好,免得夜长梦多呀。"柏子说,"我不想住,一个晚上都不想待。"

"瞧你那点出息,我还有一点事情要处理,还要准备一些东西。难道不带钱吗?你这个傻子。"

柏子的脸上突然出现一副严肃的表情,他沉声对查木说:"查木,你要学会放下,就像我一样。该舍就舍,不拖拉。不然我们怎么闯外面的城市?钱我有,咱们走。"

查木打掉搭在肩上的手骂道:"滚!谁不知道你那点心思。你是怕姐姐看出我的什么马脚后找到你吧?胆小鬼。"

"你说什么呢,我会怕她?我都要走了我会怕她?太可笑了查木，你太可笑了。"柏子痛心疾首地说，"我很失望，查木，没想到你会这样看我、这样说我，我太伤心了。我看还是我自己走好了，你安安静静挡牛羊吧！我们一起不好。"

"别说那些没用的，既然你不怕，那我告诉姐姐，今晚你们最后道别，以后各奔东西。"查木说着走远了。他还远远地喊道："我会让她拿吃的过来。"

柏子几次想喊住他，但怎么也出不了声来，只得放弃。他无精打采地躺在了洞里。

柏子无所事事地躺在石洞里。他感到很饿，越来越饿。他迫使自己不想吃的。他想起了她，想起第一次见面的情景。那真是一种颇为奇特的见面方式。情况是这样的：柏子埋头走路，翻过一个小山头，走了一会儿，立刻看见一团白花花的东西在眼前闪耀，那团白花花的东西很吸人眼球，所以柏子入迷地看，于是他看到了她。当时她正背对着他小便。柏子看了一会儿后发出了一声惊叹，至于为什么会发出一声惊叹他无从得知，总之是发出了一声满足的惊叹。柏子晕晕乎乎地叹息着，迷了眼睛。朦胧中看到又有一个白花花的东西朝他飞来……接下来他听到了一声仿佛传自于内心的怒吼……那片白的东西结结实实飞到他的脸上，他用片刻的清醒看到了一个美女与野兽合二为一的女人……

……他们就那样认识了、相爱了、谈婚论嫁了、闹别扭了，然后，分手了……

……到现在柏子都不知道在那样一种情形下相识到底是对是错。因为他们在一起是因为那件事，分手同样也是因为那件事。分手的时候她说:"想起你看我尿尿看我屁股那么久,我就浑身不自在。哪怕那个人是我的男人也不行,我难受透了。"

他们分手的理由在柏子看来很不靠谱,但她却觉得很有分量。事情就这样结束了。要说难过当然是有的,因为柏子一直有一种依依不舍的情绪。柏子在睡梦里担心查木是不是真的把他出卖给了她,她会不会来找他,会不会对他哭闹或者抱住他,也许还会说一些温暖的话……柏子睡得很不踏实。

查木是独自一个人来的,他给柏子带来了煮过的牛肉和一坛酸奶,但是没有糖,筷子也没有。查木闭口不提她姐姐的事,从他的表情上看不出什么来。他们坐在一起把牛肉全部吃完,牛肉的最里面是生的,咬一口会冒出有点泛白的血水。等把牛肉吃完后,查木将那坛酸奶抱起来喝。他们你一口我一口地把酸奶也喝完了。查木用手指将坛子里残留的酸奶全部刮出来舔进了嘴里。黄色的坛子里最后什么也没有,一点白的也看不见,无比干净。

"我姐姐病了。"查木把空坛子扔出去,坛子碰到石头,脆响着撒了一地。"她早就看见你了,她说我跟着你和跟着一头狼差不多。"

"她病了都这么说我,她太狠了。她什么病?"

"她说是心病,眼泪多得不得了。"

"那没事,很快会好起来的。"

"她说好不了。"

"别听她的。这是她的计谋,我们不要管。"

3

在离开草原之际，柏子对草原的夜沉默良久。生他养育他的草原不知从什么时候开始在排斥着他，她就像一个仇人一样处处报复他。这是他不愿意留下来的另一个原因。

柏子要离开了，不知道会不会回来。事实上他从来都没想过以后要回来。远方一道长长的山脉后面渐白渐红，天快亮了。草原格外宁静，青草的味道在空气里欢快地乱窜，像调皮的小马驹。

柏子呼吸着带点清香的空气在青灰色的雾霭中看见了查木的马，委委屈屈地驮着高高鼓起的褡裢乖巧地站在一棵粗矮的灌木旁。

查木走过去从灌木上解下缰绳。半个小时后，他们共乘一骑走在哲么日山下一条经年无人问津的朝南方向的沟谷中。查木的这匹走马在春天的时候跑了个倒数第三名。查木给它取了个新的名字叫"狗屎"。也许是受了名字的刺激，这匹马在今年秋天的比赛中神勇无比，一举夺得了又一个第三名，不过这次是正数。但查木已经懒得给它改名字了。他说烂名配好马！柏子骑在红枣溜马的屁股上，感受着突出来的三岔骨和他的臀部相互摩擦碰撞，仿佛在碰撞他内心深处的一块石头。柏子和查木将不太长的山沟走完。他们继续往前走，前面是一面缓缓舒展而去的山坡，坡很大，很宽广，长着一些稀稀疏疏的植被，没有什么像样的东西。马蹄踏在草地上，发出沉闷的声音，这种感觉让柏子处在美妙的意境中,他迷醉了。但好景不长,在一个隐秘的老鼠洞里,"狗屎"折断了前腿,他们都从马上滚下来。查木拍掉身上的草屑,他冷眼看着"狗屎"在地上挣扎,没有一点上前帮忙的意思。他把褡裢搭在自己肩上说:"走吧。"

"那它怎么办?"

"让它去死吧!"查木头也不回地说。查木有时候就是如此无情,这一点在和柏子肩并肩走时他自己承认了,并且他还说:"有一天我可能会杀人的。"

在库库淖尔以北的群山之中,有千百条河流,其中有一条不大,但庄严肃穆。整条河水是黑色的,一年年的春夏秋冬都没有变过,它的名字叫"哈日乌苏"。"哈日乌苏"冬天也不结冰,途中有几条河水汇入其中,汇进来的那些水也变成黑色的了。"哈日乌苏"越流越大,快到库库淖尔的时候一半水偷偷地钻到地下去了,神神秘秘地再也找不见。"哈日乌苏"比源头出来的时候更小,它疲乏无力地缓缓流进库库淖尔。在河口,有一大片水被染成了淡墨色,像一片乌云。

此刻,柏子和查木就站在这个河口。他们一起看着黑色的河水像一条黑色的大蛇窜进蓝色的毡房一样进入了库库淖尔,然后,慢慢地变得白起来,再变得暗起来,再变得灰起来……到最后,完全变得浑浊。他们聚精会神地看了一会儿。然后他们拾了一些干牛粪点起来,片刻后旺旺地燃烧着。柏子建议向草原做最后的道别:他单膝跪下,默默祈祷草原保佑他在城市里混得好。查木没有跪,他用坚定而又恶毒的语言骂起草原来,他滔滔不绝地发了三四个誓言,说这辈子再也不回草原了。并且在最后咒草原不得好死,他还意犹未尽地朝草原唾了一口……

余晖和牛粪火恰好在查木闭嘴的那一刻一起消逝了。他们发生了分歧,互不相让。柏子很累,他想睡觉。哪怕晚上冻坏了也在所不惜。查木却想继续赶路,他已经发了毒誓,不愿再待片刻。所以事情僵持不下,他们闹了差不多半个小时,柏子更加筋疲力竭,他不得不做出妥协,查木很满意这个结果。他们在黑夜里像幽灵一样悄无声息地前行。到了半夜时分,夜黑得一塌糊涂。他们再也走不动了,到了这个时候,柏子睡意全无。两个人面对面盘腿坐在一起嘿嘿地笑。

"你笑什么?"

"不知道。那你笑什么?"

"也不知道。"柏子说,"我从刚才就想笑了。"

查木看看四野,什么也没看见。"看地形,离更阿菊家不远了。她还是我们的朋友呢。"

"这两年她变得太快了,所以我不想去找她。"柏子低着头,他闭着眼睛说,"没听见吗?别人都叫她草原鸡,我已经不认识她了。"

"说的也是,何况她还不愿意搭理我们呢。这世道,一个人变起来比什么都快,对了,她还有一个名字叫'小杂粮'。"

"她几天不喝酒就会发疯,可怕得很。喝醉了就胡来,跟什么男人都睡,很多人都看见了。"

"管她呢,我们要走了,所有的乱七八糟的事都和我们没有关系了。不过我还是觉得,我们应该去看看她,不用多说话,就告个别，然后就走。"

　　柏子和查木腹中饥饿，但有一种叫欲望的感觉更让他们难受。

　　他们来到更阿菊家。不过，此刻他们早已忘却了是来干什么的，他们怀着无比激动的心情细细地倾听着喧嚣吵闹的毡房，他们觉得这真是一出很不容易看到而今后又会令人无比怀念的精彩好戏。毡房里传出来怪异的打骂声和男男女女的尖叫声，这些声音混合在一起，诱惑柏子和查木一步步来到毡房的跟前，他们蹲下来，伸长了脖子，张开了耳朵，闭紧了嘴巴，用非常虔诚的心态听着里面的动静。

　　"你收不住自己的男人就不要怪别人……既然你长得丑，那就不要……你……啊……你揪我头发你……丑八怪你算什么东西……我打死你我还不赔命……"

　　"别打了别打了，孟克你拉住……更阿菊你安静一会儿……你不要再说……"

　　"你滚！你这个没有良心的畜生……为什么……为什么这样对我？我那里……我们离婚！离婚……"

　　"你凭什么骂他？你给不了他想要的温暖和幸福，你根本就不像个女人。"

　　"你这丑女人，你自杀吧！"

　　柏子听着尖锐的声音，眼前出现了一幅精彩的画面：一个披头散发的只穿着裤头的两只光滑的乳房晃荡在空气中的女人手捂着屁股正在那里大喊大叫。她的脸色很好，丝毫看不出愤怒或者是恐慌，简直就是有恃无恐。在她的对面，颤抖着一个穿戴整齐的脸色青白的看不出是否漂亮、看不出年龄的女人。

原原本本　　171

截然不同的两个女人同时把目光投向站在一旁不知所措的赤裸裸的男人身上。这个男人很高大，但不知是太冷还是别的什么原因，他弯着腰勾着头，闭着眼睛。有一串晶莹剔透的液体拉着长长的线条落到地上，无声无息地混入尘埃中。恰在此时，两个女人包含了委屈与不甘的声音响起："诺日，你这个王八蛋……你给个说法……"

叫诺日的男子从奇异的幻境中醒来。他观察着眼前的情况。他从两个留下过他的痕迹的女人身上看到了自己的未来，对此他充满恐惧和兴奋。他的眼神变幻莫测起来，两个女人被他眼中复杂多变的神情弄呆了。

诺日知道了自己该干什么，他没有留恋，从容地走出毡房。他依然赤裸着身子，仿佛刚刚来到这个世界。他看到了柏子和查木，露出一副有感染力的笑容，然后消失在夜色中。柏子和查木看着他融入夜色中齐齐地吸了口寒气。

他们同时看到两个女人，她们站在门口，看了男人消失的地方，毫不示弱地瞪着彼此。她们彼此的眼睛觉察出了各种情况，都有各种理由支撑。这种情景在查木的目光扫住那一对丰满的乳房的时候结束了。更阿菊尖叫一声，在查木恍惚迷恋之时在他的脸上留下几道血痕。查木对此毫无知觉，他仿佛从那晃动的乳房中领悟到了什么。

柏子回忆起赤裸男人离去时的决然，那种逃避的狠辣，让他再也不能对眼前的两个女人产生任何想法。他匆匆地拖着查木进入了赤裸男人消失的地方，只剩下两个女人和一顶毡房与夜色交织在一起。柏子感到他终于摆脱了一种难缠的念头，顿时浑身轻松了。他充满了力量。而查木却陷入了一片痴妄之中。他不再说话，眼神木呆。柏子觉得简直太疯狂了。他看着查木在前面走，突然思考要不要和查木分道扬镳，查木的窝囊让柏子很不想和他在一起。他正在谋划着一个计划，但他的计划还没有成形就遇到了那个赤裸裸的男人，那个男人在一片死去的高山柳林里站着，他仿佛是在专门等待着查木和柏子。如果不注意看的话，他简直和那一片灰白的高山柳一模一样。柏子和查木经过的时候他突然出现，把他们吓得不轻。

"呀！"他说，"我不是故意吓你们的，我在等你们，我算定了你俩不会留在那里的，你们看，是不是挺准？"

柏子看了看查木。他到现在都没有恢复语言表达能力，看上去和一个傻子没什么区别。于是柏子说："你这个样子太不成体统了。天快亮了，这恐怕不好，有什么事还比穿好衣服更重要的？"

"不。我不回去。"他拍了拍屁股，"我打算跟你借一件衣服和裤子穿。"

柏子很难为情，良心上他是同意的，但原则上却有很大的意见。这时候他才羡慕起傻子一样的查木来，最起码他会保住衣服和裤子。他看着可怜的赤裸男，同情心就如同洪水一样地泛滥起来。他不敢再看他的眼睛，于是只好脱起衣服来。他边脱边说："你真是太冲动了，至少你应该穿一些衣服。"

"你误会了，兄弟。"他努力想把脸摆得严肃一些，但可能实在是冻坏了，他看上去更滑稽，"其实要不是冷，我一直都不想穿衣服。哪怕白天也不想，可是现在太冷了。我很后悔。早知道我就有准备了。"

"那你要去哪里?"柏子把裤子和衣服都递给他。现在他只剩下一条灰色的毛裤和一件绿格子的圆领毛衣。他缩了缩身子说:"你真幸运,遇到我这样的善良人。"

"我早就知道你是一个善良的人,所以我打算跟着你走,你去哪里我就去哪里。"他很有风度地转身穿上衣服说,"我们正好搭个伴,我想得出来,我们会是一对好搭档。"

柏子乖乖地闭上了嘴。他很后悔自己善良的举动,那简直就是自掘坟墓。柏子不再理会他,他拉着查木的手往前走。前方太阳升腾而出,柏子觉得这是一个好兆头。

他们走在一处平坦的地方,这个地方叫盖德日,是个不错的地方。柏子的身边一个人也没有,查木现在好多了,他在离柏子一二百米的一个浅滩上走着。有时候他会突然不见了,有时候只能看见一个脑袋。看他的样子是打算找一处地方过河。柏子没想留住他。赤裸男叫七十一,但她们之前叫过他诺日。他说那不是真的。他主动向柏子交代了他的名字和家庭背景,并多次不无遗憾地说起他老婆的身材和逸事。他离柏子更近,但也有一百米。和查木不同的是,他在柏子的左上方,仿佛随时会上山一样。阳光斜斜地照在柏子右面颊的时候,他们几乎相互都看不见了。柏子在过河时眺望左右,他只能看见一个模糊的影团在缓慢地移动,正在慢慢地移动着。他咂巴咂巴嘴,很自然地回想起七十一说他的情人的妙语。柏子觉得他在骗人,他的情人哪有那么好?他踩到一块水中的暗石,脚下一滑就掉进了水里。水很深,淹没了他的肚脐眼。水更冰凉,柏子前所未有地清醒。事情还留有很多的遗憾,这是他的罪过,他要改变过来。他对自己说,要尊重自己的想法。

柏子三两下爬到岸边,他抓住一块嫩绿的苔草,用力地扳,苔草就从岸边松动下来。他坐在岸边,手里的苔草被他一点一点地撕下来扔到了水里。苔草像一条条绿色的小船,顺着河水飘走了。当他把最后一块草扔出去之后,他站立起来,沿着来时的路开始往回走。

他走得很急,就像有一头狼在屁股后面撵他。

柏子时而风风火火地走,几乎要跑起来;时而又磨磨蹭蹭地不前,仿佛前方有魔鬼在等待。他还在途中再次返回,看见了河水和水中那块高高的石头的时候他又站住了,他就站在那里深呼吸。之后他狠狠地捏了一下自己的鼻子,他疼得掉下了眼泪。等鼻子变得通红之后他才慢慢地转过身,再也没有回头。

柏子在黑暗完全铺盖在草原上的时候来到毡房对面一个山头,他累得满头大汗。坐在山头上,看着宽阔的银河把天空一分为二:左边是蓝色的,右边是黑色的,银河是白色的,有时候也会变得金光闪闪。大如斗的星星也闪烁不停,不一会儿便把柏子弄得头晕目眩。黑夜安静极了,时间过得很慢,远远地传来犬声,仿佛天狗在叫。

柏子朝着那处橘黄色的光芒走去,他快乐得像一只三个月大的小狗。柏子站在毡房前,他听着查木和七十一,以及两个女人说话。声音在他的脑袋上绕来绕去绕来绕去舒服极了,他感受到自己安身于一个美妙的夜晚,一个让人留恋的迷人之夜。

山之间

1

九成干脆把鞋子脱掉了。他光着脚丫子在草地上走。

海春跟在他的后面,也把鞋子脱下来,把两根鞋带系在一起并把鞋搭在脖子上。他正好看见鞋掌上一个拇指大小的洞,正是这个破开的洞让他觉得脚上很不舒服。海春看着前面的九成,他的脚后跟又黑又亮,在草地上走滑溜溜的。海春没来由地生起气来,他大喊:"喂,是不是该宿营了?我的脚流血了,越来越多,我太痛了。"

"你不努力走,怎么能到地方。"

"但我的脚在流血,你看!"他把一只脚抬了起来。

"用土擦一擦吧!"

"还是休息一下好不好?我不行了,背的东西太重了。"

他们在一处平坦的草地上扔下包。海春麻利地打开牛皮包,拿出了小锅,又拿出来一个尿素袋子,他说:"我去拾牛粪,你把炉子支起来!"

九成说:"你自己弄。"

海春说:"那你干什么?"

九成冷漠地看着海春,海春心头突突地跳起来,他赶紧走开了。

喝茶的时候,九成想自己总有一天会死在这条路上,死在这片茫茫的荒原上。这里就是他的最终归宿。这种感觉是如此的强烈,让他对此毫不怀疑。海春吃牛肉干吃得津津有味。他看起来无忧无虑。他一直在吃牛肉,牙齿和牛肉干的摩擦产生一种让人牙酸的声音,但他毫不在意,似乎很享受这种声音。九成站起来走开了。他站在了一块大石头上,遥望着远处,起伏延展无尽无绝的山群苍苍茫茫令人心生孤绝,但他喜欢。遥远而神秘的雪山让他想起很多年前他第一次爬上神往已久的雪山顶的情景,此刻,他又重新感受到那种掌握了一切的激情,他突然什么都无所谓了。

九成和海春出来七天半了。他们沿着去年九成独自一人走过的路线前行。除了那两匹已经打发回去的马和他们自己,谁也不知道他们在什么地方。说实在的,要不是九成说即将翻越的几座大雪山举步艰难,海春说什么也不会让马回家去的。背着沉重的牛皮包翻山越岭简直就不是人干的事儿!海春不止一次暗地里诽谤九成真真是个王八蛋。当然,尽管很艰难,但海春却从来没有过要打道回府的念头,想到九成去年的收获,海春就会浑身充满力量。也正是靠着这种力量他才徒步走了四天,不然他早就趴下了。不过他还是心痛地看着自己的身体,相信少说也瘦了二十斤!

眼下,距离去年九成发生奇迹的地方还遥遥无期。他所说的那几座令人望而却步的大雪山也只闻其名不见其影,脚下所处的这片土地是他极其陌生的,这让他疑惑九成说的地方到底在哪里，而且更让他疑惑的是，九成怎么会来这种地方，他怎么会知道这个地方有虫草？他一个人到这种荒无人烟的地方挖到了价值十几万的虫草……而且还平安无事地回来了，他是怎么做到的？

海春觉得这件事应该和九成好好讨论一下。不过九成警告过他，不该问的就不要问，不该说的话不要说。海春自认为没有能力让九成乖乖张嘴，把他想知道的都告诉他。

九成和海春一夜都没怎么说话。天刚刚亮，两个人不约而同地起来，把湿湿的毯子塞进包里。九成在生火烤羊大腿，这是最后一块肉了，剩下的只有酥油和炒面。海春看着九成僵硬的动作，产生一种怪诞的感觉，仿佛有那么一瞬间让人糊涂到底发生什么事情，看不清前面是什么人。

九成在羊腿上撒了盐，一股熟悉的香味让海春浑身舒坦起来。羊腿上的油脂一点一滴地进了火里，发出嗞嗞的声音。海春使劲地咽了咽口水，终于忍不住对聚精会神地翻转着羊腿的九成说："九成，我看成了，咱们吃吧，吃了赶紧赶路！"他说着把腰上的小刀递给九成："切开吧！我快饿死了。"

九成接过刀子冷冷地说："今天要走的路很长。"

"有多远？"海春的脸像爬了一条虫子抖动起来。

九成看了他一眼，说："走完了就知道了。"

海春听了后两道粗粗的眉毛就毫不客气地连在了一起。"别吓唬我了，难道你不知道我的情况吗？我会死掉的。"海春说，"你应该体谅我，我多可怜，你看！"他把受伤的脚抬起来给九成看。九成面无表情地看着海春黑乎乎的带有血迹的脚掌，尖尖的下巴向上扬了扬。海春狠狠地把脚塞进了胶鞋里:"到你受伤的时候看你怎么说!"他背起自己的行囊,拿起九成切好的半块羊腿独自走了。九成没有动,他慢条斯理地吃着羊腿,几分钟后,他背起包囊朝已经走出去很远的海春追去。趟过了一条河,九成追上了海春,两人并肩走在一起。海春走得特别带劲,他不想和九成说话,而且也开始反思这次和九成一起出来到底是对还是错,究竟能不能赚到钱还是一个悬而未决的问题,况且九成自始至终都没有对他保证这次的征途就一定会成功圆满。想到这海春便患得患失,偷偷瞅九成,见他神情专注面容坚毅,步伐更是从容不迫,好像他已经主宰了一切,全世界也都在他的掌握之中。海春受到感染,不再担心此事了。太阳升得很高,草原上火热火热。青草小花都蔫了头,全都无精打采的样子。海春累得气喘吁吁汗流浃背。他无比惊讶九成怎么会一点汗液不流,也不觉得累。从开始出发到现在,他一直都保持着一种步调,不紧不慢不急不缓,从从容容潇潇洒洒。他一直目视前方,连一眼都不看脚下的路,但他的脚每次都踩在最稳妥的地方,既不会有老鼠洞也不会有石头,步与步之间的距离仿佛是特意量过一般,简直就奇妙无比。海春越看越觉得不可思议,不能理解。"怎么会这样?"他心里暗想,这是什么缘故?

大约走了三个钟头,大块的云朵遮住了阳光,草原上气温降了下来。遥远的天边乌云沉沉,闷腾腾的雷声隐隐传来,暴雨即将来临。九成依然不急不慢地走着,丝毫没有要避雨的意思。海春喉咙动了几下,最后还是什么也没说,低着头赶路。他们刚刚穿过一片茂密的高山柳,海春的脸上不知道是被某种虫子还是什么植物弄出来好几个大包，又痒又疼。抠着越来越痛越来越痒的脸他懊恼异常，想不通为什么吃瘪的总是他，为什么九成一点事也没有。这让他有一种自己什么也不如九成的感觉，让他特别沮丧。

他们出了高山柳林以后，脚下的草地渐渐稀疏起来，开始出现了大块大块的石头，前方尽是白茫茫的一片戈壁。海春只看一眼就心里发慌，浑身无力。究竟何时才能走出这片鸟不拉屎的地方？望着九成瘦瘦的背影，海春恨恨地诅咒他的脚明天就烂得稀里哗啦。

又走了一会儿，天色暗了下来。大雨离他们越来越近，海春终于死心了。他不再奢望能有什么避雨的地方，他开始死心塌地地走路，也不再关注身后的雨啥时候追上来。于是奇迹发生了。在一百米开外的地方，海春突然看见了一个一米多高的用石头垒起来的小屋，它三面的墙都高有一米，朝南方向是敞开的。海春觉得特别荒诞，在这种地方突然出现了这样一个东西，让他都一时无法接受。不过当他看到九成毫不惊讶也毫不犹豫地走过去的时候，他就醒悟过来了，除了九成，不会再有人在这种地方建这所"房子"了。走近之后发现"房子"还是挺大的，至少也有四五平方米，现在只要在房子上面盖一层塑料，他俩便可以安心地睡上一宿。小屋的门口有一堆被火烧过的石头，黑溜溜的，一看就知道是很久以前用过的，海春对九成是越来越佩服了。

他们很快用塑料盖好了屋顶。海春的心一下子就踏实了。

3

　　这场雨到底还是没有光顾他们的小屋。像云雾一样的大雨沿着离他们几百米的一条干枯的河床"唰唰唰"地喧闹着过去了。海春在小房子周围没有找到一块能烧的东西,最后失望而归。两个人默默地用凉水拌了糌粑,喝了几碗水,海春把东西都收拾起来,此时差不多是下午两点钟,破天荒的海春想赶快走,他不想再留在这个地方。他弄完后看着九成,那意思是说,可以走了,但九成却丝毫没有要走路的意思,他闭着眼睛说:"不走了。"

　　海春的眼睛不由自主地缩了一下,但他还是什么也没有说,他突然间特别怕九成,海春知道他已经背上了一种恐慌。

　　大雨过后,天气不知不觉中已经晴朗了。戈壁滩雾气腾腾,好像是一个大蒸锅一样。太阳毒辣地透过塑料洒满在海春的身上,他立刻就挥汗淋淋了,呼吸也急促起来。距他两米远的九成的脚下五斤的塑料壶里还剩有一半水,这水是九成在穿越高山柳林之前从一条小溪里装的,当时他觉得简直就是多此一举,但看到茫茫的戈壁滩后,他就明白了。刚才喝的水没起什么作用,依然口渴得厉害。他恨不得过去美美喝上几口,但是他不敢,九成像守护神一样躺在水壶的旁边。海春把目光移到九成身上,九成的呼吸声十分轻微,他的脸格外消瘦,而且苍白无色,在宽大的礼帽之下更是尤其明显。一双吊鱼眼又长又大,即使在他闭着眼睛的时候也知道那眼睛里充满了血丝,这是他身上唯一可以看见血色的地方。高高隆起的鹰钩鼻子占据了脸上很大一块地方，于是薄薄的嘴唇就藏在了鼻子的阴影里。好像抹了一层石灰的嘴唇紧紧地闭着，嘴里洁白的有些诡异的牙齿被很好地藏了起来。他穿一件米黄色的上衣，应该很久都没脱过了，又脏又旧，而且还看不出是什么材料做的。下身的牛仔裤由蓝色变成杂色，斑斓得很。海春疑神疑鬼地观察了好长一段时间，如果说九成的身上有什么是正常的话，那就是脚上穿的一双军用胶鞋了，这双鞋是他们出发的第一天买了之后崭新地穿在脚上的。现在，高强度的行走使鞋子有些变形，不过海春至少还能看得出来鞋子的原貌，这就很不错了。九成穿一双大红色的袜子，但从脚尖到脚后跟一溜儿的全没了，只剩下一圈袜腰还红红地套在脚脖子上，唐突而又理所应当。

　　海春终于观察完了九成的全身，他紧绷的肌肉松弛下来。九成还是闭着眼睛，他似乎睡着了，他细微的呼吸均匀平坦流畅。海春听着九成踏实稳重的呼吸声心情也放松下来。他的眼睛越过九成的身子凝视着石壁，呆呆半晌，他心里突然感到很失落，突然觉得一切毫无意义。在这荒无人烟的地方，世界既寂静又枯燥，无穷无尽的愁绪如同波浪一样冲向他，只是短短的时间他就恐慌了。他仔细地听了听，这里连一只鸟或虫子的鸣叫也没有，天底下所有的生物仿佛都死了，只剩下九成和他两个人。后来，渐渐地连九成的呼吸声也微不可闻了。海春感觉到自己的手脚冰冷，他躺下身子，小心翼翼地呼出一口浊气，觉得这里的空气像鬼魅一般飘飘荡荡起来。

　　海春半夜里的时候醒来，他惊讶地发现，自己居然睡了好

山之间 | 185

几个小时，梦也没做，迷迷糊糊地觉得自己好长时间内浑身都不能动弹。他清楚地感觉到时间一分一秒地过去，太阳慢慢地西移，最后消失在大山的后面，然后天地一片混沌一片黑暗一片冰凉一片死寂。他恐惧但什么也做不了，根本就无法睁开眼，到后来，他终于什么也不知道了。等他醒来的时候，满天群星闪闪烁烁，大戈壁上有一种奇奇怪怪的明亮，不似月光不似星光。最后海春崇拜地理解为是大戈壁上的石头的生命在燃烧。

走出去，站在星空下，四下里无沿无际，海春感到自己越来越小，最后变成一粒沙粒。

海春再无睡意，在外面绕着房子转了几圈，他兴奋地想到，他也完全可以在小房子的边上盖一座同样的或者大一点的房子，属于他自己的房子。九成在这个神秘又古怪的地方有一所房子，那他也要有一所房子，而且要比九成的房子好，要更大。海春兴致高昂地干了起来，他跑来跑去地寻找着大一点的石头，然后吃力地一块块背回来，累得满头大汗。他还从来没这么认真执着过。大块大块的石头缝对缝地垒叠起来，看着慢慢建造起来的房子，他的骄傲怎么也按捺不住。他在大戈壁上无声地一个劲儿地笑。

海春忙忙碌碌折腾了几个钟头，终于在天麻麻亮的时候盖成了一所漂亮的房子。尽管很累，但他坐在房子里面的时候一切劳累都消失了，他觉得畅快淋漓，仿佛已经解决了人生中的一件大事，已无后顾之忧。

海春美滋滋想着的时候，九成突然出现在门口，把海春吓得一惊。九成面无表情，经过一夜之后，他在晨曦中愈加消瘦了。他的颌骨高高突起，脸色也青幽幽的。他沉默得可怕，一声不响地看着海春盖的房子，不知在想什么。大约过了五分钟，海春跑到干枯的河床边，他一屁股坐在地上，回首看九成，他不在外面了。

4

他回去时九成已经吃了饭，东西都装好了。海春慌忙胡乱吃了一点东西，等他全部收拾好之后，九成早走出去很远，他悄悄骂了一句。看看自己的房子，海春非常舍不得。他找来一块石板，用小刀在上面刻了"恰乌日海春之屋"几个字，然后把石块立在了房子门口，看了好一会儿后才离开。走了几百步后他突然停了下来，然后又回头往回走，顺路找了一块平滑的石块，来到九成的房子前立起来，在上面刻上了"恰乌日九成之屋"，然后头也不回地去追九成了。这天他们整整走了一天，一直到天空出现群星。他们中午也没有停下，就在路上吃了点早上拌好的糌粑。海春的鞋子里黏糊糊的，是汗水和血，每走一步都有一股不轻不重的疼痛。那伤口越来越大，还好没有化脓。尽管这样，海春却也不敢再对九成提要求，他现在甚至怕面对九成那双可怕的眼睛。那双眼睛里面永远有着可怕的东西，有着让人无法了解的冷漠。

海春发了狠，第二天天不亮的时候就起来了，在仅剩的一点水中匀出一半来拌了一大碗糌粑，吃了一半，把另一半装起来等中午食用。当他走的时候,九成还没有起来,海春犹豫着是否叫一声,但最后还是算了。他继续朝着东北方向行走,大步地走,脚上的伤口已经感觉不到疼痛,他已经麻木了。他的心情格外压抑,和九成在一起让他感到无法呼吸,他的神经极度紧张,这样下去,早晚有一天他会崩溃的,所以他想早一点到达那个地方,等开始挖虫草的时候,这种情况可能就会好起来甚至消失。

前面依然是乱石遍地的戈壁滩,不知道天黑以前能不能走出这个鬼地方,不知道前面还有什么艰辛在等待着他,按九成以前的说法,真正艰难的三座大雪山还没有出现,海春无法体会那会是怎样的艰难,不过他已经不怕了,这些天他的身子越来越瘦,越来越轻,但是却越来越有力,再也不像刚开始的时候那样不堪了。九成没有跟上来,海春已经走了五六公里,昨晚住的地方早就看不见了。他不担心九成会和他分散,对九成那鬼神莫测的能力他深信不疑。九成一定会找到他。与和他走在一起相比,海春更喜欢像现在这样一个人行走,至少他觉得不压抑,空气也不沉重。如果他愿意,还可以唱一两首歌。

到了下午,海春进入了一片貌似石林的地方,遍地都是大如房屋或者更大的石头,十几米高的大石头密密匝匝地一眼望不到边,这些石头几乎一模一样,全都没棱没角,光滑圆润,而且都是白色的。海春在这个像迷宫一样的石林里左拐右拐,最后终于迷路了。他泄气地跌倒在地上,脚上终于再次传来钻心的痛,他脱了鞋子,便闻到了那股令人窒息又特别想闻的气味,夹带着血腥味。海春看着自己惨不忍睹的脚心里难受。这都拜他所赐，但又觉得根本怪不上人家，现在他更是希望九成能早一点找到他，假如他找不到的话……海春已经不敢想这种可能了。

他口渴得厉害，可是他连一滴水也没有带在身上。所有的水都在九成那里。他挪动到一块大石头的阴影里，靠着石头大口大口喘着气。天上的几块白云淡淡地飘着，没有一丝风。他的肚子有点饿，但他却不想吃。现在连一个指头他都不想动，浑身的力气仿佛都被抽光了似的。这样过了好一会儿，渐渐地他迷糊起来，但又在快睡着的时候惊醒，有一种心惊胆战的感觉。仿佛有一双眼睛在死死盯着他看，他能感受到那种强烈的死亡气息。海春凭着感觉寻找，在不远处一块大石头的阴暗面，发现有一个青幽幽的东西，死亡的气息就是从它的身上发出的。海春可以肯定是它。但他看不清楚那是什么。只是他知道那绝不是石头之类的东西。海春惊恐起来，手心里面瞬间沁满汗水。他慢慢地站了起来，生怕惊动了那个东西，然后一步一步地挪过去，在距离十几米远的地方，他终于看清楚了是什么东西——一具干枯的尸体，少量的皮毛，露出一堆白骨，但他不知道这是什么，他完全认不出来。

这具尸体让他特别不安宁，总觉得它比活着可怕一千倍。他从来都没有遇到过这种让人毛骨悚然的惨烈的死亡气息。

站了不到三分钟，海春飞也似的逃走。他再也感觉不到累了，眨眼间就拉开了几百米的距离，但恐惧感丝毫没有减退，反而更加强烈了。他呼哧呼哧地跑着，连回头看一眼的勇气也没有。这种情况大约持续了一个小时，他终于感觉到疲乏，一瞬间仿佛被击倒了一般，他扑倒在地……太阳在头顶热情似火地照耀着，一天当中最高气温已悄然到来。他浑身像从河里捞出来一样，身上的雾气渺渺升空。他依然还在大石林里面，但不知东南西北。他看太阳辨别了一会儿方向，越看越糊涂，他彻底迷路了！他咬牙站起来，寻找到一个可以攀登上去的面积颇大的石块，艰难地爬了上去……他的面前到处是白茫茫一片的石林，除此之外再也看不到别的东西。

海春颓然地跌倒，不知不觉泪流满面。此时他想念九成。他知道，如果九成在的话无论如何他也不会沦落到如此地步，但是九成那如今想来倍感亲切的面容哪里能看得见？海春糊里糊涂地下了石头，站稳了脚后他的眼睛不经意间扫到一处就突然停住，眼睛绷得可怕的大，眼瞳极度收缩，脸色在一刹那就变得像是充了血一样，随后身子就开始抖动起来。他的恐惧简直无法用语言来形容。他不敢相信这是真的，所以眼睛瞪得都快从眼眶里蹦出来了。在他的前面的石头根下，有一具白骨累累的尸体，和刚才他看到的那具尸体一模一样，只是换了个角度而已。

此刻，那具尸体又处在了半阴半阳中，它的一半白骨在阳光下闪闪发光，另一半却在石头的阴暗里隐秘着。海春清楚地听着自己的心跳，他的大腿抽筋了，他咬着牙，脖子一鼓一鼓地跳动。想动一动却不敢，他怕一动就会惊醒那具尸体。他知道这种想法非常荒谬可笑，但是海春不由自主，想法挥之不去。而且他现在就是想跑也跑不动了，大腿抽筋一阵紧似一阵，他坐在地上，伸着腿，看着那具尸体。

太阳渐渐下沉。石头的阴影面积越来越长越来越大,将尸体完全吞没。他也给阴暗吞没了。他还在和尸体对视着。想到天黑后的处境,他终于又有了力气,可以再次走了。他越走越快,慌不择路,跌跌撞撞,只想一直走下去。会不会再次迷路?他没想到。

5

被海春寄予厚望的九成来到石林边缘,他站住了,凝视石林良久后,他转身找到了一处平坦地方,卸下背包,从包里取出合衫铺在地上,不一会儿,九成头顶着衣服睡着了。此时月上中天,星星疏散。有一片淡淡的薄云一直围绕着快圆满的月亮不肯离去。天上地下没有风,没有声音。月光下的九成就像披了一层模糊不清的青纱,有种说不清道不明的气氛从九成的身上形成,九成的身子也渐渐看不清了。

时间慢慢流逝,大地愈加寂静。这个时候,从石林里传出来微弱的脚步声。海春出来了。海春刚从石林里出来就看见九成,他不知道这是到了哪里。但他知道总算走出了像魔鬼一样的地方,再也不用担心和恶魔相提并论的那具到现在还在他的眼前晃动的尸体了。在看见九成的那一瞬间,海春快要从胸膛里跳出来的心几乎立刻安静下来。海春基本上虚脱了,他像面条一样倒了下去。浑身的肌肉像是被撕裂了一般的颤抖起来。鼻子里有血流了出来,他甚至感觉到了自己早就尿了裤子,不

山之间 | 191

过他根本就已经不在乎什么羞愧了。能走出这片鬼地方让他感到无比踏实和安心。最后一段到九成身边的几十米的路，海春是爬着过去的，他每向前挪一米都要付出沉重的代价，鼻血一直在流，洒在了许多小石子上，月亮下看得清清楚楚，血越流越黑。几次海春快坚持不住要停下来，然后什么也不管地睡去。但一想到身后的石林，他马上就有了一些力气，继续往前爬。但他最终还是没有到九成的身边，还差十几米的时候他坚持不住了。他的右手向前伸出去，紧紧地抓住一块从地里凸出来的有棱角的石头，左手被压在身下，他在这种姿势中晕了过去。在他晕睡过去之后，月亮再次被一群淡薄的白云围绕起来，月亮也立刻暗淡下来，远远地看去，海春就像一具朦胧的尸体。

海春在凌晨五点的时候醒来，他感到头痛目眩，全身酸痛。饥饿像风一样刮着他，面前的地上流了一大摊的血，浓烈乌黑，早就干枯了。他摸摸鼻子，鼻孔里面有凝住的小血块，全部堵在了里面，让海春呼吸困难。他想站起来，但试了几次都没成功，身上的力气也没有了。折腾了一会儿，他终于颤颤巍巍地站了起来，他摇摇摆摆，但没有倒下去。他的眼睛一直看着九成，他正一步步地艰难地向九成走去，他非常生气，如果现在他有力气的话，一定会狠狠揍九成一顿。以九成的能力，可以轻松找到他，但是他没来，他毫无顾忌地在这里大睡。九成藐视他的生命，是对他最严重的侮辱！昨天他的精神极度恐慌，在见到九成的那一刻他心里只有高兴，他差一点就高兴得哭起来。到了今天，他才有一种被深深伤害了的感觉。海春一步步接近九成，他看见九成弯曲着身子，头上盖着一件他从来就没见过的单衣,身下铺着一条从来都没见过的合衫,他的背包被他枕在头下。海春在九成的身边坐下,他惨呼了一声,但九成毫无反应,像一具古怪的尸体。

海春静静地等待天亮。他很饿,背包里面有食物,但他一动也不想动,就那么静静地躺着。他想睡一会儿,可脑子里乱糟糟的,一会儿想到从朋友处抓来的小藏獒有没有长高,还是不是在半夜里又哭又闹,一会儿想到妹妹偷吃红枣被阿妈打,一会儿又想到这次挖到的虫草是不是比果洛玉树的大。那个女孩会不会怀孕,还有那有了婚约的未婚妻是不是有情人,昨天的魔鬼般的尸体今天会不会出现……

六点多的时候,海春总算清醒了一些,他从背包里拿出水和糌粑,狼吞虎咽地吃了起来。这时候他又和往日的海春一般无二了。

吃了东西,海春有了力气,他盘腿坐在九成的旁边,细致入微地打量起九成来,看了一两分钟,没看出什么头绪,但他总觉得有些奇怪,好像哪里有什么不对。九成身上发出的寒气让他胆战心惊。他决定把九成拉起来说说话,哪怕吵架也好。他伸手推了他一下,没有动静。他又拉了一把,他叫道:"九成,你起来,我有话说。"九成还是没动静。他叫道:"九成起来,我有话说!"海春踢了一脚,但还是没有反应。他把九成的身子扳过来,发现他已经没了气息,身子硬得像一块石头。他怔怔地看着九成,不敢相信地再次试探,再试探……他颓然地接受了事实,接着感到难过。九成抛弃了他,在这个世界上最可怕的地方抛弃了他。同时他又异常愤怒,双目仿佛要喷出火焰一般。

他突然跳起来，对着九成拳打脚踢，咒骂哭喊几近疯狂。最后，体力不支瘫倒在地，他抱着九成号啕大哭，哭得惊天动地荡气回肠。好像刚才的那个人根本就不是海春，可是一会儿后他又开始拳脚相加，然后接着哭，如此反复几次，海春终于安静了下来，他像一座雕塑一样一动不动。到天黑的时候，他再次拿出水和冷冰冰的糌粑吃了一些，其间还对着九成嘿嘿地笑了几声，黯然地叹息。当天晚上，海春睡在原地。

6

海春背着九成往回走。也许九成早就想到他们会死在这种地方，所以才会盖一所房子在这里，当是最终归宿。海春背着九成在黑漆漆的黎明前走啊走。脚步嚓嚓地响。海春迫不及待地想回到自己的房间里，那里是他最想念的地方，再也没有地方能比得上那里了。他觉得自己真是可笑，居然会认为那里寂静又无生气，简直是一种罪过。

海春走得越来越有力量，他根本感觉不到累。他在太阳即将蹿出山头的时候回到了他们的"家里"，把九成安置在他的房中。他把九成平躺在房间里，但是又觉得这样不合适，应该不合九成的心意。他让他坐起来，但他已经僵硬，顽固地直挺挺着。他和他说了很多话，讲了很多这样的好处，九成的腿才慢慢弯曲下来。他背靠着墙，面朝房门。外面是茫茫如雪的戈壁。更远的地方是巍巍雪山。九成的双手捂住膝盖，面容严峻，这让海春想起父亲和念经时的和尚们，他们都有一种拒人千里之外的特质。

海春又回去了一趟，把九成和自己的背包拿了回来，把九成的放在他的身边，他想了想，从包里拿出九成自己的合衫，展开铺在九成的屁股底下。做完这些，他回到自己的房间里。他终于感到快要虚脱了。他像九成一样坐在房间里，看着外面的世界渐渐迷茫起来。他毫不怀疑生命正在离他而去，一点一滴地消逝着，但他不再觉得死亡是一种恐惧，他已经不在乎是生是死了，他什么也不再想，他从来都没有这么安宁过。

海春闭上眼睛的时候，又一场大雨沿着干枯的河床徐徐而过。两间房子就像是两座白色的墓穴，安安静静矗立于茫茫戈壁。

荒原上

第一章

  紧急召开的村委会上，村长气急败坏，既自责又别有用意地说，造成这种后果的除了那些该死的老鼠，还有我们自己……我们赶紧行动起来。

  会议决定派遣一个"灭鼠工作队"进山去，利用这个没有牧畜的冬天将整个牧场来一次彻彻底底的清理。"灭鼠队"有工资，所以父亲第一个报了名，然后叫我顶上去。第二天一大早，我就背着行李，提着吃食，站在路边的小广场等乌兰的拖拉机。我是第四个上车的人。除了说话疯疯癫癫的确罗和肉墩墩的金嘎，还有一个穿着已经很少见的红氆氇的中年大叔，我后来才知道他叫兀斯。等人都接齐后，乌兰兴致很高地检查了轮胎和车厢下的钢板，说哦哟，钢板压弯了。他有一个肥大的屁股，和整个身体极不相称。好像他吃三顿肉，两顿的都跑到屁股上去了，但他并不因此而显得笨拙。他坐回驾驶座又站起来，跟确罗讨烟。他的脖套上有一个小洞，烟嘴从洞里进去插在他嘴里，这样他就不用因为要抽烟而把脖套抹下来了。

  离开315国道不久，我们进入山区。拖拉机在山路上吃力地爬着，一连串黑烟喷向低空，来不及散开便被阴云吞噬。沿途一片荒芜，一眨眼，前方白茫茫一片，大雪飘然而至。我们几个人痴坐在拖拉机兜厢里,车厢最底下是十几个大尿素袋子,里面装着足以毒死几百万只老鼠的麦子。这些"鼠粮"上面是我们的行李和伙食。我们就在灰扑扑的行李上抖动、摇摆,追着时间奔来的疼痛从骨头里溢出来。这条路被无限拉长了,我们仿佛一遍又一遍地重复在时间里。

确罗终于忍不住了,骂骂咧咧地跳下车去。我们也都下了车,顶着风雪疾行,不一会儿便将拖拉机抛在身后。走了几公里,兀斯突然说等一会儿等一会儿。确罗问,怎么了?兀斯说,听不见声音了,怕是出事了。确罗说,不可能。兀斯说,还是等一会儿。确罗说,真麻烦,我都快冻死了。兀斯说,万一车坏了怎么办?确罗说,你这乌鸦嘴,要是车真坏了就怪你。兀斯说,你这年轻人,怎么一点教养没有?确罗说,去你妈的教养。兀斯这下气得不轻,粘满白乎乎的冰雪的胡子颤颤巍巍,他拾一块石子砸向确罗。确罗避开。兀斯还要再打,被南什嘉拉住,但兀斯不甘罢休,越劝他越来劲,看样子只要扑上去就会把确罗撕碎。确罗一边嘻嘻哈哈地看兀斯出洋相,一边点了一根烟,乐呵呵地吸着。他今年二十五岁,他更小的时候又乖巧又老实,分外讨人喜欢,但随着年龄的增长他的张狂劲儿也长胖了。他红彤彤的脸上以双眼皮为代表的相貌组合,常常让人错误地认为他还像原来那般又傻又可爱。这一路上他欺负金嘎打发时间,他还想从我这里找点乐趣,但他每次想和我说话我都装着睡觉,所以他和金嘎说得更多了。

金嘎粗着嗓门喊,来啦,车来啦!

车来了。乌兰从驾驶座上跳下来,在我们面前蹦跶,一个劲儿地喊冻死手了,冻死脚了,冻死脸了。因为直面寒风,他的脸冻得像一块青坨坨的石头。他让南什嘉帮忙点了一根烟,一边吸着一边跳着。等他烟抽完了,我们又坐上了车去。每个人都累得心慌意乱,盼着早点到达目的地。我旁边坐着南什嘉,自从在十一道板上车后他就很冷漠,一副死气沉沉的模样。他穿一件崭新的绿军大衣,竖着领子,用冬帽和围巾把脑袋裹得严严实实。他想瞅瞅外面的时候,眉毛一扬,眼睛就忧郁地露出来;一缩脖子,眼睛又给蒙上了。他身形魁梧,有一个大脸盘,上面安着一个大鼻子,乍一看不怒自威。他念过几年书,算是一个有点文化的人,所以他被村长指定为灭鼠队的队长,但刚才他只是心不在焉地劝了几句,没有发挥队长的作用。因为他的心思根本不在这里。他站着的时候,一点样子也没有,我觉得好身板被糟蹋了。

终于到了桑赤弯口。这里是京巴的夏季营盘,现在我们要住这里,因为这里是洪乎力夏牧场的中心,从这里去任何一个地方都是最近的。

我的手套没起多大作用,手指头都冻僵了,卸车的时候连绳子都解不开。东风牙签一样在露脸的地方戳个不停。雪花硬如沙子,渐渐积厚,已经淹过鞋帮。才过五点,天已黑了。毡包下好了,一个用水桶做的铁炉子安在毡包天窗底下,生了火,大伙儿围着炉子伸着手取暖。

来到昂冷荒原的第一个夜晚我们吃了糌粑、锅盔馍馍和浓浓的酥油茶。来的时候乌兰买了两瓶青稞酒,天气这么冷,正适合喝酒暖暖身子。我说我不会喝酒,确罗说你怎么不喝?我没理他，转身去铺被褥。确罗一把抓住我的手臂说，不要睡觉，喝酒。我告饶说，我真不喝。确罗说，你凭什么不喝酒？

兀斯说，卡尔诺不喝就不喝，你干啥强求？

确罗说，我就喜欢让他喝，但兀斯已经闷头睡下不理他了。确罗讨了个没趣，就放过了我。他又去缠着金嘎，金嘎很快喝醉，失声痛哭。确罗说，我又怎么你了？金嘎哽咽着说，没事，我就想哭。南什嘉说，酒也喝完了，哭也哭完了，睡觉吧。他封了火，躺进铺好的被窝，舒舒服服地哎哟一声。

确罗没有醉，但他装作醉了的样子盯着金嘎，一直盯到他睡下，把头埋进被子里。然后他又盯着乌兰。乌兰是真的有些醉了，他说，你干吗瞪我？确罗说，我什么时候瞪你了？乌兰说，你现在就瞪着我，你什么意思？确罗说，没酒了，我们应该再喝一瓶。乌兰说，我们为啥就买了两瓶酒，谁买的？确罗说，你买的。乌兰说，哦对，是我买的。你们为什么不买，你要是买了我们就有酒喝了。确罗说，我本来要买，但买了方便面后忘了。乌兰说，忘了？你吃了忘狗屎吗？

我以为他们会打起来，但没有。他们很奇怪地相互瞪了一会儿，睡觉了。

第二章

东风吼了一晚上，毡包的骨架们吱吱呀呀地跟着叫唤。骤然换了又冰又干的空气，我难以适应，战战兢兢地睡不踏实。

到了早晨，大地白净一片，让人觉得来到这里，显眼地踩踏在这片雪原上是犯罪。可真正的罪犯藏在雪下，生活在纵横交错、宛如迷宫的地下世界。它们绞断草根，囤积草根、草籽，囤积一切可以吃的东西，舒舒服服地过着小日子。如果没有大雪，它们就吃地面上的草。早晨太阳刚出来时，它们全体出动，一边用光补充热量一边用草补充能量。所有的平地，所有的河谷，所有的有土地有草地的地方，它们无所不在。而现在，它们仿佛不曾出现过。因为它们不需要出来受冻，它们囤积的食物正是为了应付这种局面，它们破坏整个草原的生态系统得到的食物，足够轻轻松松地过一个冬天。它们不会觉得破坏了什么，它们在为生存而奋斗。正如我们为了生存来到这里。接下来是一场斗智斗勇的战役，没有谁对谁错。如果硬要说有，那么谁赢了，谁就是正义的，谁输了，谁就是邪恶的。这是关乎"种族"的战争，自双方接触以来从未停止。彼此杀戮，输赢参半。彼此谁也统治不了谁，谁也灭绝不了谁。鼠类，仿佛是上帝刻意给人类安排的一个劲敌，因为除了鼠类，这个星球再也没有什么生物是人类的对手。真是棋逢对手！

面对这片异乎寻常的白色大地，连不着调的确罗也感叹，真干净啊！

兀斯马上哼一声，全是假的，就像人一样，外面看着干干净净，其实心里脏得吓死人。

老家伙我今天可不想和你吵架。

我说你了吗？兀斯蔑视确罗，我说的是人。

我们都没想到兀斯居然这么机智，都笑起来。确罗也笑起来，兀斯，看在你这么机灵的份上我让让你。

我们上完厕所的第一件事是检查带来的"鼠粮"。虽然都放在毡包里，整整齐齐地码在毡包一角，还用一块帆布严严实实地包裹着，但昨晚太冷，怕冻掉，一旦受冻毒性就会减弱，我们就真的是给它们送粮食来了。所以村长千叮咛万嘱咐，绝对不能被冻掉。只要最关键的前三天不受冻就没事。而因为大雪封原，我们来到昂冷草原的前三天，是没法工作的。

我们在惨蓝的烟雾中商量由谁来做饭的事。当务之急就是要选出一个做饭的人，免得饿肚子。可没人愿意干，都说干不好。问到我，我傻乎乎地愣神，他们以为我愿意，就高兴地说卡尔诺你真是好样的！但兀斯嗤笑道，卡尔诺会做馍馍、会和面吗？会揪面片吗？

乌兰瞧着兀斯说，我看，最合适的人就是您呐！为什么呢？因为您年纪大了，腿脚又不方便。您要跟我们这些年轻人走远路肯定是吃不消的，也不合情理，我们怎能让您去忍饥受冻呢？所以，您一定要留下来给我们做做饭、烧烧茶。我想，大家一定会同意的。我们连连点头，都说好。

兀斯沉思了一会儿说，这个饭我可以做，但是，做不好你们不要嫌弃，出门在外，吃得饱就行啦，填坑不要好土。只要不饿肚子，就算是好的。他冷冷地乜斜一眼确罗。确罗故意把脸转开。

大伙儿表示就算他做的是狗食都不会说什么。兀斯生气地说，能有那么差吗？你们放心，肯定不会难吃到那个地步。

于是兀斯成了我们的厨师。他烧了一壶茶。毡包里茶香缭绕，喝了暖心暖胃的茶，兀斯烧了一锅开水，我们泡了方便面吃。这是路过甘子河乡的时候买的，本来想多买几包，但那家商店里的方便面仅够我们每人买十五包。兀斯没买，他说一吃就胃疼。

南什嘉、确罗、乌兰和兀斯抹了嘴开始打麻将。我从装衣服的枕头里摸出《白鹿原》，刚翻开，金嘎靠过来，笑嘻嘻地瞄一眼书。你看的是什么书？

我给他看封面。

他缩着脖子说，我不认识字。

你没念过书？我记得你好像上过学。

念了十天，后来不念了，我一个字也没有学到。

我调侃说，那你可真厉害。

唔，就是学校里的那些心疼姑娘一个都没忘。

敢情你有很多初恋情人呐。

啥？

你喜欢的姑娘有几个？

你是说在学校的时候吗？

除了学校，还有吗？

金嘎腼腆一笑，有啊，怎么没有？难道你没有？

我也有啊。

学校里有三个，后来都变得不好看了。

现在呢？是谁？

我先问你一件事。

你说。

你睡过女人没有？他眼睛一眨不眨地盯着我。我说还没有。他"哦"一声，明显轻松了不少，低声说，他们笑话我这么大了还是个"娃娃"。

该有的时候你自然会有的，这得遵循一种神奇的规律。说完，我被自己惊了一下，觉得这句话充满了经历、创伤和明悟感，还有那么一点神秘。金嘎不认同地撇撇嘴，邀我出去散步。

太阳低低地悬在离地平线两尺的高度上，稳稳当当地向西移动着，但只要稍多留意，就会发现太阳其实远比想象的要移动得快。就是说，脚下的这颗星球远比我想象的要转动得快，而人们没有丝毫不适，仿佛快啊慢啊都是一天，没什么大不了的。

我把这感受跟金嘎说了，他疑惑地、木然地点点头，然后去提水了。过了半个小时，他像拎着两个空桶似的拎着两桶水回来了，然后坐在确罗身边看他们打麻将。兀斯把炉子烧得红彤彤的，火苗从茶壶和炉口之间的缝隙中蹿出来，毡包里的温度在兀斯的得意扬扬中急速上升。他们把场地换了又换，最后挪到了门口。南什嘉提醒兀斯要节约烧柴。兀斯说不用烦，吃完饭咱们背牛粪去。

背牛粪要到三四公里之外的一个牛窝子。那里的牛倌令人诧异地把每天的牛粪都拾出来堆成一个大大的牛圈，这样连圈牛的铁丝网都省了，而且牛粪圈还有抗风御寒的作用。他把自己的地窝都用牛粪墙给圈起来了。

牛倌和牛群早已转到冬牧场去了。

我们惊叹地观赏了一会儿壮观的牛圈，找了一个缺口，张开麻袋开始往里揽牛粪。我们用皮袄的带子，或者用绳子把两袋三袋的牛粪装好捆在一起背回营地，一个个排立在毡包外面。有了这么多烧柴，兀斯就更不会节约了。毡包里的温度简直跟烤箱似的。我觉得根本用不着这样，但他们一边夸赞兀斯是个顶呱呱的好厨子，一边冒着汗大呼过瘾。可我实在受不了，就出去透气。等在外面挨冻挨够了，再回到里面。我刚坐下，金嘎又来了。他挨着我坐下，笑嘻嘻地说，垭口那边有一个惹人心疼的藏民姑娘，你想不想认识？

我瞥了他一眼。你怎么知道，你见过？你们都见过？

当然啊，每年转场的时候，运气好就能见到。我已经见过好几次了。他脸上露出了那种我比你运气好多了的得意劲儿。

我回想了一下仅有的几次转场的经历，没有一点关于一个"惹人心疼的姑娘"的印象。她住哪儿啊，我怎么一点印象没有？

金嘎嘿嘿一笑，你的运气可真够差的。她家就住在大垭口那边啊，最后一个牧道拐角过来不是有好几户人家吗？就在那儿。

他这么一说我就知道了，那里的确有几户人家。

你到底去不去？金嘎十分笃定地说，不去看看你会后悔的。

不去。

去瞧瞧也没什么，对吧？

不去，你自己去吧。

我要是有机会就不跟你说了。

你怎么就没有机会了？难道……

我跟她搭不上话。

她那么跩呀？

荒原上 | 207

他接过书一页一页地翻动着，羡慕地说，她跟你一样。

什么一样？

她和你一样会看书。

你怎么知道？

乌兰告诉我的。

哦，他去约会过了？

哈，他才不行，你看他那娘娘腔的样子。说完他笑了，又担心地马上结束了高兴，他怕乌兰听见。他在小心翼翼地讨确罗的欢心，以期得到平常对待。他的那副样子我不喜欢，所以我不想搭理他，没想到他反而纠缠不放了。此刻他目光炯炯有神地盯着我，誓不罢休的样子，我被逗笑了，说你怎么这样子？他疑惑地哦一声，说，我怎么了？真的是一个漂亮女孩。

毡包里乌烟瘴气，人人手不离烟，我被呛得咳嗽不止，嗓子眼一阵阵胀痛，眼睛又疼又痒。我掀开门帘，让一股股冷风挤进来。烟雾像潮水一样往外涌去，但过不了多久又会被烟雾占据，所以几乎整整一下午，我都在忙着兑换空气。

兀斯要做饭，他叫金嘎再去提两桶水。金嘎一脸不情愿，低声嘟囔为什么不让别人去，没想到兀斯耳朵贼灵，一下子就听见了。他严厉地看着金嘎。金嘎不敢吭声，灰溜溜地去提水了。兀斯很满意金嘎这么听话，干巴巴地笑了一声。他在一个铝锅里洗漱大米，又黑又粗的手在米中搅了几下后把水倒掉，而后端盆进来，把早就切好的小块牛肉倒进锅里，舀了一盆水"哗"地泼进去，他用粗粗的大黑手指搅动了几下。最后，他盖上锅盖，把锅端起来，"咣"地放在炉子上。他搓了搓手，拿起几块牛粪填进炉膛里。他从裤兜里摸出一包"花好"香烟,麻利地抖出一根来,又从另一个裤兜里摸出打火机"啪"地打出火苗,叼着烟猛猛地吸了两口。至此,他的午饭大功告成。兀斯的厨艺既不卫生又很粗暴,几乎没有美味可言,但我们谁也不说,大伙儿都机灵着呢。

金嘎回来后又悄悄问我想好了没有,到底去不去?

我觉得这样冒冒失失去见一个素未谋面的女孩子是一件特别不靠谱的事,何况还是晚上不怀好意地去。人家给好脸色才奇怪,但金嘎的兴奋传染给了我一部分,于是我又想,去一去也无妨,权当凑个热闹。

金嘎说,太好了,我就知道你会去,咱们九点钟出发……

吃过晚饭,还没到九点,金嘎已然按捺不住,他和乌兰过来说,咱们走吧,眼看就到点了。

还是不去了吧?这天也太冷了。看见乌兰也要去我就不想去了。

冷怕什么,还能冻死我们不成?乌兰嘴一撇,说你真矫情!

我有些恼怒,但又不能发火,让他们觉得我是一个开不起玩笑的人。我默默承受了这句颇有分量的评语。

确罗也走过来了,你们鬼鬼祟祟干吗?

乌兰说,我想让卡尔诺认识一下银措。

确罗斜视着我,阴阳怪气地说,那你可别厌啊,你软塌塌地说话不行,你得硬邦邦的。他咕咕地怪笑,一脸鄙视我的样子。

我不去了。说完我不管他们,自己回到毡包里。他们几个随后也进来了,嚷嚷着打麻将。金嘎终于按捺不住,也学着玩

荒原上 | 209

起来，他们玩了一个晚上。到清晨睡觉的时候金嘎脸色灰暗，输得很惨。但他难过是因为整个晚上他像玩具——更像某种可以提神的东西一样被确罗他们玩来玩去。我觉得金嘎在他们心中已经形成了一个不怎么光彩的形象，想要扭转改变可不容易。为什么会这样无从得知，但他唯唯诺诺小心翼翼的样子的确使人来气，我甚至觉得他卑微得让人压抑。

十一点多醒来后，我趴在被窝里继续看书。睡在我旁边的确罗也醒了，好奇地陪着我看了一会儿，说，你真他妈能看，有那么好看吗？

我说，有啊。

那你讲个故事吧！

我可不会。

你看的这书不是故事吗？

是啊。

那你讲个故事吧，干吗那么小气。

不是小气，是不会讲。

我们不挑不拣，只要有女人就行，哈哈。

正在盛饭的兀斯插话说，有野狐精的故事吗？

他一边把一碗一碗的面片摆放在矮桌上，一边无限感慨地说，我小时候听过一些好故事，年龄大了忘掉了，真可惜！

确罗嘲笑说，或许你还想着有一个狐狸精晚上来你的被窝里呢。我们都笑起来。兀斯听了也不计较，只摇头。老啦，早就不想了，剩下的全是厌烦了。年轻的时候，就多想想，老了就想不动了。

第三章

暴躁了一天的狂风终于歇息了，夜世界静默安然，星空凛冽，雪原敞亮。我们说话的声音轻巧地跑出去很远。

确罗咧着嘴，看着我。我就爱听漂亮女人的故事，来一个。

我拿起《白鹿原》说，这里面有个人娶了七个女人，娶一个死一个，就娶了七个……一个叫小娥的女人，又漂亮又……

好好好！就讲这个。确罗催促我快讲。乌兰也精神抖擞地说，你可不要随随便便糊弄我们。我说，我脑袋里装的故事三天三夜都讲不完，连外国的都有很多。乌兰说，多才好呢，最好天天都有，就像单田芳说书一样。那人最气的是说得太短了，刚听得舒坦他就哑着嗓子一声"欲知后事如何，且听下回分解"，我最气这句话，天天说，烦死了。确罗捏着嗓子学了一遍后说，卡尔诺你可别那样，你可以讲几个小时。南什嘉说，每天晚上十二点收音机里有一个叫姚什么的女人讲故事，那女人的声音又甜又柔，那是永远都听不过瘾的……可惜这里什么也听不到，要不然我就带收音机来了。

第一次做这种事，我有点小兴奋，迫不及待地想享受把自己欣赏的故事分享给别人所带来的那种喜悦和成就感。酝酿了一下后我开始讲述起来：

白嘉轩后来引以为傲的是一生里娶过七房女人。

娶头房媳妇时他刚刚过十六岁生日。那是……

我讲了两个小时,讲得很慢很投入,讲到白嘉轩费钱费力救出和尚那里,我说明晚接着讲。可大家意犹未尽,恳求我再讲一会儿。而我口干舌燥,不复开始时的激情,于是坚持明晚讲。

确罗啧啧称奇道,真是不敢相信,那人的老二怎么那么毒?是真的吗?不管怎么说,反正他很厉害,你们说是不是?大家哈哈大笑着说那当然。

我们胡天胡地地聊天,消磨着时间,但冬夜的时间被冻得走不动了,只能一点一点地向前挪动着。南什嘉站在炉前,神色犹疑不定。一根烟吸完,他说,卡尔诺,陪我走一趟吧?

干吗去?

别问,快起来。

黑漆漆的,我眼睛不好。我知道他要去干啥,但我一点都不想起来。

就这一次——

我不干,我要睡觉……

最终我还是跟着他纵身跃入了白茫茫的、冷酷的寒流中。我拿着一根木棍,他握着一把忽明忽暗的手电筒,我们深一脚浅一脚地走着。靴子在厚厚的积雪上踩出"吱吱"的老鼠一样的声音。大约一个钟头后,我再也忍不住了,怎么还不到……你不是说很快吗?

转过这个山嘴就到了。

你刚才就这么说,这都第几个山头了?

你看,拐过去就到了。他指向前方说。

我就不明白，你怎么在这儿找了一个。

冬天放牛的时候认识的。

她没有男人？

大多数时候没有，一回来就打她。他沉默了一会儿说，一天晚上，我们一帮人喝罢酒，麻京要我给介绍一个姑娘，我就答应了。她那时候住在恰乌日。

他停下来撒尿。尿液浇在雪上发出一种有质感的声音。

那你为啥不娶她？

他猛地加快了脚步，却不说话了。

终于听到狗的吠声，在快速地靠近我们。他说，到了。我握紧了棍子，南什嘉打开手电筒，孱弱的光里出现了两个敏捷的黑影。两只大狗！我说，好大的狗！南什嘉早已从怀里摸出打狗链，恶狠狠地冲上去，呼吼着，打死你狗日的……

冲我来的是一只花斑狗，它龇牙咧嘴朝我大腿咬来。我一闪身避过，手里的棍子砸向它的脑袋。一声闷响，大狗惨叫着倒向一边去；而缠着南什嘉的那只狗却格外机灵地逃之夭夭了。

我们又走了一阵子，朦朦胧胧地看见了一堆物体。一片房屋出现了。有一栋羊棚接连着羊圈，对面是一个很大的土墙的牛圈，它们中间是土平房，约摸有三四间并排着，有两扇门，三扇小的窗户。南什嘉让我去最东边的那间屋子。你先去那里眯一会儿，里面有被子，走的时候我叫你。他说完便不再理我，径自走向西面的那个门。

这屋子的炕上铺着一条牛毛毡，一床被褥和其他的乱七八糟的杂物一起堆在毡上，其余的地方被两副马鞍和垫子占满了。

荒原上 | 213

我把那些杂物清理到一起，腾出一个可以睡觉的地方，披着被子躺下，侧耳倾听。夜阑人静，只有大花狗在似泣似吠。我望着窗外的星空，吸着凛冽的空气进入梦乡。

南什嘉把我摇醒，我迷迷糊糊地跳下炕，就跟着他走。狗已不知去向。刺入骨髓的寒风飕飕地响着，我哆嗦着打了个喷嚏。东方的启明星格外耀眼，远方的群山依稀显出暗淡的轮廓。天快亮了。

我好奇地问他，怎么样？美不美？

他用一种冰冷的语气说，不是所有的恋人都像你想的那样龌龊。

我一听也生气了，反驳说，怎么，你大半夜拉着我过来，就是为了证明自己的高尚？

南什嘉一怔，说，她心里苦，难过，我却给不了她多少帮助。

世界上不是只有你们一对苦命鸳鸯，我不解气地说。

他苦涩一笑，默默走在前面。

瞧他哀伤的样子，我也说不出气话了。

难道你们就没想过私奔？

私奔？别跟我提什么私奔。他突然对我大吼起来，我他妈恨私奔！我他妈恨私奔！

为什么？你还不让我说话了？你什么意思？

为什么？南什嘉仿佛听到了世间最好笑的事，他咬牙切齿地说，因为我父母就是私奔的，那对狗男女就是私奔的！

怎么会？没听说过呀。我真是太吃惊了，想不到他那个咨蔷之极的父亲还有这壮举。

你不会以为我是在说老抠吧？

你说的呀。

他不是我父亲。

啊？我更吃惊了。这是什么意思？

你不知道我的事？

你的什么事？

南什嘉把烟蒂弹出去，冷冷地说，他们生下了我就死了。不，是一死一逃。女的死了男的逃了。他们把我丢在了这里。

我怎么从来都没听说过？

谁又在乎这些？

这么说你不是乔合柱的儿子？

你说呢？

我哑口无言。

第四章

雪还是很厚，但地面上已经出现了数不清的拳头大小的窟窿，老鼠爪印和踩出来的道路也越来越多。我们制订了灭鼠计划。计划将整个牧场分成六片区域，河那边是两片，河这边四片，大小都差不多。这样一分，很具体，效率也更高。我们先从毡包这一带开始。这是第三片区域。东到热力木出口，西至大肖兴出口，南面到河边，北边到隆瓦山脚。这片区域长八公里宽两三公里，一个长条形状。其实牧场比划出来的六片区域大得多，但这场大雪帮了我们双方的大忙，因为山里雪更厚更结实，除了正宗的大阳坡，其他地方的雪会一直保持原样到春天。这些地方我们不用去，老鼠出不来。所以我们减少了工作量，它们保住了性命。等到了春天，平地上的老鼠灭亡大半，它们就从山上迁徙到平原。我们从来没想过要灭绝所有老鼠，这是不可能的事情，能够灭杀大半老鼠就心满意足了。

我们每人背二十五斤左右的药，投药的工具是2升的百事可乐或可口可乐饮料瓶。我们削去瓶底，用铁丝将瓶子两边穿起来（像提水桶一样可以提在手里），瓶口盖子上弄出一个小拇指大小的洞，将瓶口在老鼠洞口一戳，瓶子里的麦子十几粒二十几粒地出来；再一提，麦子推挤在小小的瓶口，等待下一次碰到地面。这是为了自己的腰着想而发明的，我们不用弯下腰去放药，解放了腰，更节省了弯腰放药的时间，提高了效率，时间越久越明显。因为你可以坚持一天弯腰触地一百次两百次，但你无法坚持一千次两千次，你更不可能天天弯腰两千次。

投药第一天我们地毯式地前进了四公里，几乎每一个老鼠洞门口都撒上了一勺子青稞，请它们吃。下午返回的时候，已经可以看到很多老鼠倒毙在雪地上，而看不见的洞内会有更多。死了这么多仇敌，我们感到满意，心情特别好了。心情一好，确罗开始胡来。他用一根树枝把这些老鼠像肉串一样串起来，血淋淋的十几只老鼠在树枝上整齐排列，十分恶心，但确罗玩得不亦乐乎。他还将脚底下碰到的也一脚脚踢出去，有的囫囵地飞向远处，有的就在他脚下烂开。

我们劝他别这样他不听，兀斯一说话他更来劲了：我就爱玩你管得着吗？我又没踢你家的母羊。

你怎么一点敬畏心都没有？死了的亡灵你干吗要这样欺负？

我为什么要对老鼠有敬畏？要是其他东西我才不这么做，正因为是老鼠我就有气，死老鼠我也不放过怎么了？确罗理直气壮地看着我们，我才不管死老鼠活老鼠，所有的老鼠我都不在乎。

你别乱来啊！兀斯终于意识到跟确罗对着干实在行不通，他转变态度，几乎是哀号地说道，这也是跟我们一样有气的东西，是命，死了就还给你了，都算清了……你不能这么干……老天爷看着呢。

确罗果然吃这一套，好好好，我丢掉了，你看。他把手里的一串老鼠远远地扔出去。然后闻了闻自己的手，说有一股酸臭的味道。他用雪搓洗了手。

越接近毡包，死掉的老鼠越多。已经冻得硬邦邦的死老鼠成了动物的餐点。野狐几乎成群地溜达而来，老鹰、兀鹫、鹞子和隼等飞禽频繁地出现，盘旋俯冲不止。自从有了不会二次中毒的毒药，它们的小命就有了保障，不会出现十年前的那种惨事。兀斯说十年前因为一个失误，成群成群的野生动物吃了死老鼠而中毒死亡。那景象百年不遇，惨不忍睹，但奇怪的是没有谁为此事负责。

到现在没人再提这件事，它们就那么可怜，死了就死了，没啥大不了的。但不是这样的，我们跟一个狗一个牛一模一样。兀斯难过地说。

荒原上 | 217

这两年是有点不一样了,保护动物的政策多了。

你懂个屁。乌兰说,上有政策下有对策,那些人照样啥也没损失。

我气愤地瞪乌兰,他说话太不客气了,不拿我当回事。那些人是谁,我没有一点头绪。我刚要问,他诡异地笑了,说了你也不懂,而且饭不能乱吃话更不能乱说。你问我也不说。你问南什嘉去。

连续几天的高强度劳作使得我的身体快吃不消了,尤其双腿,疼得厉害,晚上睡不着觉。而感到累的不止我一个,大家的意见都一样,把强度降下来,把工作时间缩短。南什嘉从善如流,下一个十天的工作时间从九个小时十个小时缩短成六个小时。

这样过了三天,身体缓过来了。我决定去看看那个女孩。金嘎已经提过好几次了,而确罗无论如何也要跟着。他们要求我认真对待此事,因为这是男人和女人之间的较量。这让我感到可笑,我只是想去看看而已,没有想那么多。

天擦黑的时候,我们四个人踩着冰面过了昂冷河。一阵疾行,走得浑身热乎乎的。一个小时后我们停下来稍做歇息。

乌兰拍着我的肩膀说,翻过垭口就到了,从现在开始小心一点,他们家有两只狗,一大一小,他们家有两个帐房,一大一小,大的住着她阿爸阿妈,小的里面才是她。

帐篷?她住帐篷?

确罗撇撇嘴说,她家的冬窝子在三公里之外呢,就是我们每年转来夏牧场的那个大拐弯那里。这儿是她家最远的一片冬草场——

　　我挥挥手打断他说话。我已经明白是怎么回事了。她家是临时在这片草场住一段时间,把草场吃完了就回去,不然每天赶着羊群来回六七公里谁家的羊能吃得消?这种情况我们村里也有,只不过我平时并不注意。但这么冷的天气里要住帐篷,我开始可怜这个还未谋面的姑娘。

　　我们几个人悄悄移动着。翻过垭口,沿着山坡向下走了几百米后,隐约看见几个黑影。确罗捅捅我,轻声说,到了。

　　我们猫腰继续往前,走到能模糊地看见帐房时停住,有一只狗从帐篷后面跑出来发出警告,紧跟着另一只也叫起来。

　　乌兰看着我,我摇摇头。他说,要不,我进去说说?
　　说什么?
　　就说你大驾光临呀。他捂住嘴嗤笑。
　　我就是来看热闹的。我说,我真没想要干什么。
　　确罗说,我去看看。
　　金嘎说,我们来是陪卡尔诺的,就让他自己去。
　　确罗说,你少跟我来这套,难道我不知道?我是担心他,他有点悬。

　　我去探探风。乌兰抢在确罗前面,弯着腰溜了过去。狗叫得愈加欢实了。我们几个瞪着眼一眨不眨地看着那边。乌兰在帐篷门口探头探脑许久,然后一闪,没了。我缩在了大衣里,想着事情会怎么发展,突然间紧张起来。

　　高原寒夜里的星星最是明亮,深邃的天空给挤占得满满当当。我一口口吸着冷气,冻得浑身发抖。金嘎频频抬头朝帐房张望。后来，他干脆翻身趴下，目不转睛地盯着帐篷门口。狗不叫了。大地静下来，时间仿佛停顿了。我在金嘎的嘟囔中，在这仿佛永不歇息地闪烁着的星星底下，呆呆地出神。不知过了多久，我背心一痛，然后听到金嘎兴奋地压着嗓门说，出来了出来了。

乌兰无声无息地过来，两只狗这回却仿佛看不见他一般连半点声音也没发出来。乌兰一脸不高兴，连骂狗屁。

金嘎咂咂嘴，把要问的话吞了回去。

别怕，你怕个啥？我就不信，她看书，你也看书。你们会没话说？你去。乌兰怒气冲冲地对我说。

我很不情愿地朝那边走去。这种事完全超出我的经验范围，我不知道该怎么做，而且那个大帐房里虽然静悄悄的，但里面可是住着她的父母的。我总是胆战心惊地朝那里看，生怕她阿爸突然冲出来，把我打死。

到了门口的时候，我的心都快跳出来了，我在门口伸长了耳朵听，但帐篷里静得可怕。身后那么多双眼睛推着我，我来不及多想什么就掀起帐房门的一角把自己送进去。里面黑乎乎什么也看不清。我定定地站了一会儿，发现前面有一团东西，青蒙蒙的。本能告诉我这是一个活着的东西。心一下子提到了嗓子眼，几乎下意识地……我又向前走了两步。这时，这东西突然动了，接着我的脑袋里轰然一响……

在倒下去的时候我想，这是怎么回事？我挨打了？我摸到一条被子，暖烘烘的。我使劲呼吸，脑袋嗡嗡响得厉害，疼痛难忍。于是我一动也不动。她也一动不动。过了许久，嚓的一声燃了火柴，点了蜡烛。眼前是一个直挺挺的背影，背着满背黑发。有一股说不清的香味，好像是从她头发里散发出来的。她突然转过身来，粗粗的眉毛紧紧地揪在一起，眼睛比我想象的要小，但很有看头。我不由多看了一会儿。她的嘴唇有点厚，但唇线非常完美，给人的感觉是她说话吐音肯定是极为准确的。她穿着一件紫色的毛衣，上面套着深红色缎子的羔皮马甲，一条蓝色的牛仔裤，脚上是一双棕色的高腰马靴。她的穿着异常干练，仿佛一夜都在准备着对付我这样的人。她一言不发地盯着我看，我想站起来，但几次都没成功，不由得惨呼一声。

"嘘！"她怒气腾腾地把食指竖在嘴前，示意我闭嘴。然后一边侧耳倾听，一边用嘲弄的眼神斜视着我。我觉得什么也不用说了，于是牙一咬，站了起来。头上被打的地方疼痛欲裂，吸口气都头晕目眩，伸手一摸，黏糊糊的，鲜血从来没有如此腥气肆虐，刺激我的神经。我走出帐篷，难言的羞愧涌上心头。我朝他们走过去。我不想放弃最后一点可怜巴巴的尊严，但眼前一阵阵发黑，已然难以控制的身子颓然摔倒了。金嘎跑过来，惊讶地问这是咋了？我黯然沉默。他们几个咧着嘴，白晃晃的牙齿格外醒目。他们想笑又不好意思笑，都安慰我说没事没事，这次不行，还有下次。但我连回头看看的勇气都没有。

第五章

灭鼠工程卓有成效，随着地面在雪中出现得越来越多，老鼠洞也越来越多。一天下来前进不了多少里但我们放药的速度却更快了，到处都是老鼠洞，一亩草地的所有洞都放上药得好一阵子。二十五斤药以前能放八九个小时，后来是五六个小时，现在四个小时不到就能放完。增加到三十斤也不到六个小时。我们早晨好好吃一顿早饭，九点半出发，下午四点就回来了。第三区域一个星期前投放结束，现在是第四区域，比第三区大，而且有两条河谷，隐秘的地方多，增加了难度，但再难也被坚决的行动解决了。药投放得越细致越精准——尤其是看到放过药的地方出现了数目惊人的死老鼠——心里获得的满足感便越充实，甚至欣慰变成幻想，仿佛经此一役，鼠患永绝，草原的毒瘤成为历史，草原的身体重获新生！

因为心中有执念，投药的积极性和态度从不懈怠。

死去的老鼠太多了，多到野生动物们吃不过来。我们会尽量把这些尸体收集起来，堆成一座尸山烧了。那味道有时候散发着烧烤的肉香味，有时候又难闻恶心得要命。有时候会遇到一些刚刚死去身体还软塌塌的老鼠，确罗还有穿起来玩的冲动，都被我们严厉制止了。

每天，投放老鼠药无聊的时候，我那晚的经历就可以让大家开心起来，我像一瓶酒一样被他们传来传去，我想着等他们的新鲜劲过去，这件事也就过去了。我一直在等，可我太天真了。在他们看来，没有比这个更加有趣的事了。他们越说越精彩越说越离谱，到后来，这件事就成了一个非常非常有说头的故事。

我不想和他们说话。只要我开口，他们总会把话题引到这件事上来。最可恨的是确罗,他因为没有亲眼看见我被打的场景而耿耿于怀,嘲讽我最带劲,说我根本就不是谈情说爱的材料,说我以后有了女人也会被别人抢走。他公开表示,他要和我争夺银措。他果然行动了,利诱乌兰陪他去了一次,也被赶了出来。更有意思的是,他被狗追咬,撕烂了裤腿。在那个格外寒冷的夜里,他就晃荡着已经扯到大腿根的布条回来。乌兰说,确罗的裤子宛如一面投降的旗帜在风中飞舞,但确罗誓不罢休,总是央求乌兰去给他做伴挡狗。乌兰说,你以为你是谁?还要我来做保镖,有本事自己去,没本事一边去。

确罗说,你也会有求我的一天。乌兰说,我不在窝里干缺德事儿!确罗说你把话说清楚,我做什么缺德事了?我和他公平竞争,看谁有本事,我有什么错?乌兰说,那你之前干什么去了?确罗说,畜生!两人打起来了。一会儿工夫确罗已经在乌兰脸上落实了好几拳,把乌兰打得毫无还手之力。

我们拉开两人后,确罗骂骂咧咧地把金嘎带走了。

南什嘉看事情平息也去约会了。

我既感激又惭愧,向乌兰表达感谢,但他说这不关我的事。

乌兰的脸到晚上才彻底肿起来,惨不忍睹,痛得直哼哼。我给他几片去痛片,他就着茶咽下去,把自己捂在被子里,不再出声。我把小小的蜡烛挪到眼前,趴在被子里读《平凡的世界》,但心烦意乱,心思跟着确罗走了。一个小时一个小时,我一点睡意没有。

到凌晨三点,确罗和金嘎披着一身寒霜归来。确罗看我还没睡,就寒气森森地说,看书也能让人不想睡觉?

荒原上 | 223

那当然。书中的女人……书中自有颜如玉。我观察他们的表情（尤其是金嘎），看不出头绪。我心里既羞愧又愤怒，又瞧不起自己。可是我从来没说过要怎样怎样，一直以来我都是被动的，我把自己弄到了一个窝囊的尴尬的处境上。

你神经病吧？确罗说。

你又不是去跟母狼约会，干吗发这么大的火？

她是火气不小但又如何？她缺的就是一个我这样的男人降住她。

我倒是羡慕你的厚脸皮。

他得意地哼着调子，有意无意扫过乌兰，开始脱衣服睡觉。这会儿金嘎早已躺在被窝里，把自己严严实实地包起来。

我又装着看了一会儿书，怀着一种溃败的失落感睡了。睡也睡不踏实，有无数梦的碎片组成一个巨大的场景，旋转着，揪着我的心。

早晨，嘈杂声中闻到了酽茶和酥油融合的浓浓茶香，我的肚子就感到一阵阵饥饿。困意也浓浓的像一壶酽茶，但我还是坚持起来。他们都已经洗了脸，这会儿正吃着早饭。不知什么时候回来的南什嘉在穿裤子，他的裤带是一根牛皮绳，黑乎乎油腻腻的。他的鞋帮上有冻干的血迹。我惊异地多看了几眼，认不出是狗血还是人血。

每人背半麻袋老鼠药，途中休息了三次，差不多一个小时才到了桑赤湾。休息了一会儿，大家就各自在饮料瓶里装上老鼠药，一只手提着，另一只手将药袋子背在身上。然后大家一字儿排开，间隔十数米，缓步向前，一个洞也不放过。因为只要漏掉一个洞，可能就会有一家老鼠逃过一劫。我们把目标定得高高的：每一窝老鼠，都要全家死光光。

放完药，几个小时过去了。小心翼翼地将药袋卷起来塞进饮料瓶里，我们坐下来休息。天气晴朗，无风、暖和。周围的老鼠慢慢多起来，不知死到临头的它们欢天喜地地抱着麦子就往嘴里送，一边观察我们一边飞快地嚼食。

对老鼠在中毒后多长时间内死亡，我们起了分歧，有的说是两三分钟，有的说十几分钟。不管多长时间，只要它吃了麦子，那就是死路一条，这点大家有目共睹。大家头一次对草原站的"专家们"说了好话。兀斯尤其觉得今年有盼头，因为这么多年来，今年的药最劲道。他说，千辛万苦来放药但没死多少老鼠的洋相我们也出过，今年是个好年份。你们看这地，湿度够了，今年是一个多雨水的好天年。

我们开始往回走。走着走着兀斯指向右方，语气沉重地说，你相信这里曾经是一大片可怕的沼泽地吗？

一点不相信，我说。我们眼前是一片干燥的荒野，哪有什么沼泽？

别说是你，就是我也不信。要不是我心里装着整个草山，有时候以为自己老糊涂了呢！

可不是，我说。

兀斯说，退化得太厉害了，真可怕啊。

人越来越多，牛羊也越来越多，加上气候原因，退化是必然的。

明明知道身体不好还要往死里折磨，是不对的。

我向四处看了看，老鼠踩出来的道路四通八达，犹如一张密集的渔网。我顿时心悸不已，但马上又抱起希望，因为我意识到如果不这样做，我满心满肺的担忧会淹没我。因为我怕重新认识这片草原，一个和眼前的不一样的、更加悲惨绝望的草原。

我们年年整治，就不怕治不好。我大声说道，功夫不负有心人，还有我们人办不到的事情吗？

兀斯没好气地说，我已经参加了四次灭鼠了，我不知道年年灭的好处吗？村长书记不知道吗？但有的人没有，光知道喝酒、耍，吃啥喝啥一点不知道，草山好不好一点不知道，老鼠多不多一点不知道。

去年没有灭鼠，前年也没有。

兀斯颓然地叹息一声，灭个鼠都这么难，其他更别说了。哎，要不是我这个腿子攒不上劲道，我才不愿意做饭呐，我自己放药才踏实。

但今年我们干得不差，我说。

今年是最认真最好的一年，今年的效果夏天你看着，肯定大不一样。

我听说了，明年的灭鼠是大规模的，好像每一家都要来人。

他疲惫的脸上总算露出笑意，一瘸一拐的身子也好像轻快了一些。

第六章

营地上停着一辆白色皮卡。村长来了,和草原防疫站的人一起等着我们。他们都全副武装,把自己搞得严严实实。我们差点没认出村长。

草原防疫站来了两个人,其中一个还是南什嘉的姐夫。这个姐夫说事情麻烦了。内蒙古发现了鼠疫。他说,已经有很多人被传染。

虽然现在青海还不知道,但是这个事情可不得了……你们都没事吧?村长担忧地观察我们。

我们面面相觑,鼠疫?

你们的身体有没有不对劲的地方,比如发高烧、咳嗽、恶心、浑身疼这样的症状有没有?那个姐夫说。

我快速地确认了自己这些天的状态,好得很。除了熬夜有些瞌睡,并没有他说的那些反应。然后我回忆他们的情况,也好像没有。

等到我们一个个确认无事后,那个姐夫说,我们北部地区暂时应该还没有鼠疫,所以灭鼠的力度更要加大,而且还要做好个人的自我保护工作。这次我们带来了手套、防护口罩、消毒酒精、消毒液等除菌的工具,以后出去灭鼠,你们要严格按照我们的要求工作。

然后他详细地讲了一遍以后工作的流程,再三叮嘱,一定要搞好个人卫生,做到万无一失。

回来后一定要用消毒液洗手，一定要喝开水，外出一定要戴口罩……

尤其是死在外面的老鼠，全部烧掉。村长说。

烧的时候远离，另一个人说，车上还带来了一百斤汽油，每天出去的时候带上一点。不要用手去抓老鼠，用我们带来的钳子。

……

村长自始至终没有问过你们谁不想继续干，那意思就是我们必须得干到底。事实上我们已经被隔离了。我想到这点，盯着村长。但他全神贯注地盯着南什嘉，一遍又一遍地交代注意事项。

傍晚之际他们终于说完了，卸下了带来的东西走了。

这场突如其来的鼠疫事件完全打乱了我们的阵脚。尽管事发区远在千里之外，但明显感觉到所有人的心情都变得沉甸甸的，一场随时有可能会爆发但我们不得不面对的危机在等待着我们。

将这些东西搬进帐篷安顿好，然后用消毒液将毡包里里外外仔仔细细喷洒了一遍后，我们闻着消毒液怪怪的刺鼻的味道开始讨论这场突发事件。

我认为没什么大不了的，确罗首先说，我从来没听说过这种事。

没什么大不了？你没听说过？你知道什么？兀斯突然对确罗大吼起来，他凶巴巴地恶狠狠地盯着确罗。确罗被兀斯的乖戾吓得不敢出声了。

兀斯瞪着确罗一会儿,颓然地坐下,自言自语又像是在跟我们说,这种情况不是没有发生过,而且还不止一次,每过几十年就会出现一次。上一次的鼠疫,就到我们家里来了。我的阿爸、我的妹子,就死在了鼠疫上。

我们这里有过鼠疫?我们面面相觑,谁也不知道这件事。

你们不知道我也奇怪,我不知道你们家的老汉们为啥不给你们说。但是这件事情是真的,我们村的人死了一些,好像是四个,两个就是我们家的。这也活该,因为鼠疫就是从我们家出现的。

你们家的得了鼠疫?确罗问道,你们家?

先是我妹子。兀斯沉默了一会儿,仿佛在回忆自己的妹妹。那时候我才十一岁,我妹子才九岁。我妹子本来不在家里,她可怜……五岁的时候就抱养给别人家了,那个人家里生活了几年,好好地活着,可没想到得了鼠疫,那个人家看着人不行了,就送回来了。送来的时候她还知道事情着呢,还高兴地说回家了回家了……可是第二天就昏迷了。阿爸搂着她骑马走了一天才到县医院里,一进去就再也没有出来,两个人都死在里面了。

毡包里静悄悄的,兀斯沉浸在遥远的家事中不能自拔。

金嘎打断沉默说,我们来的时候,一只死老鼠也没看见。我们放药后才出现死老鼠。

不管会不会出现,先预防起来,先把老鼠全弄死准没错。我说。

我们的工作量成倍加重了,没有灭过的地方要尽快灭,灭过的但还是有老鼠的地方还要重灭。还要把死掉的老鼠毁灭干

荒原上 | 229

净……就我们几个人，离完工遥遥无期。

确罗你以后再不要把老鼠用棍子串起来，更不要朝我们身上扔老鼠，你太不像话。南什嘉训斥确罗。

想起确罗犯过的"罪行"，我们不寒而栗，齐声声讨确罗。他保证再也不那么干。

"鼠疫事件"第十天，我们的心态看上去平复了。我们没有畏首畏尾。

但是不行，做不到像前一样了。至少我不行，有两种奇怪的感觉在交替扰乱我、支配我。一种是勇敢，一种是懦弱。勇敢说没什么大不了的，至少认认真真去做，小心谨慎就不会有事；懦弱说赶紧想办法回家，这里有无数老鼠，有无数感染的机会，你再防范都无济于事，因为活在危险中，你还每天动几百只老鼠……

恐惧太真实了，一刻不停地证明它的存在。我每次出门工作穿戴得严严实实，轻易绝不脱去手套和口罩，装老鼠的袋子绝不挨到身上，在地上拖着；回来后第一件事是洗手，一遍又一遍，用滚烫的烧开过的水，用洗手液用酒精……还是不放心，端着碗胆战心惊，看着手仿佛看到可怕的东西。

我以为就我是这样，但他们都这样。只是不说，只是默默地干自己的事。大家晚上睡觉都戴着口罩，毡包每天三四次喷消毒液，味道越浓郁越觉得安全。

这种情况持续了近一个月，大家才真正地正常了，或者说是懈怠了、疲惫了、麻木了。

兀斯瘦了，沉默了，眼睛更大了；金嘎的裤裆扯得越来越宽了（但他就是不补）；南什嘉频繁地夜不归宿；而确罗呢，隔三岔五去垭口那边，后半夜披霜戴寒地回来。

只要他去了那边，我就烦躁地睡不着觉，我一分一秒数着时间等他回来，我从他脸上看不出异样的情绪来。他是得逞了吗？他在失败着吗？

又过了一段时间，我们不是傻子，就都知道是怎么回事了，但谁也不提。我也开始打麻将，但从来没赢过。输光了兜里的几十块钱，欠了一百多块。确罗天天跟我讨债，让我烦不胜烦。为了还债我玩得更加勤奋，赌得越来越大了。到后来我输了三百二十六块，我的债主又多了乌兰和金嘎。确罗威胁说，再不还债就把我的狼皮褥子拿走。

我对此嗤之以鼻，想要我的狼皮褥子，没有五百想也别想！

确罗意有所指地说，咱们走着瞧！

后来他和乌兰达成协议，乌兰要我把欠他的钱转给确罗。于是我欠了确罗五百多块，我的狼皮褥子被他拿走了。我只能睡在牛毛毡上，半夜里三番五次被冻醒。金嘎竟然也不客气，他把我的东西搜索了个遍也没发现什么值钱的东西，最后，他拿着《平凡的世界》问，这个多少钱？

你又不识字，拿它干啥？

多少钱？

我心里一动，说，要不，我教你认字吧？识了字那就可以用这本书了。

我真的开始教他认字，每个字一块钱。这样，他可以识字，我可以还债，一举两得！事实证明这件事是非常明智的。十天

荒原上 | 231

后他掌握了五十个汉字,而我也还了他的三分之一的债务。他的学习兴趣大增,麻将也不怎么打了。《白鹿原》被他翻了一遍,几乎每页都能找到一两个他学过的熟悉的字。这让他感到很骄傲,不厌其烦地猜测那些还不认识的字的意思。他总是问我,我烦不胜烦,就给他讲故事。虽然我以前照着书念,但不承想没有书我照样把故事讲得声色并茂。他听得津津有味。大家都听得入迷。于是我说这个故事免费。我还有更多特别好听的故事。《白鹿原》好听吧?还有更精彩的。如果你们想听,我给你们讲。我不多要,每天晚上一个人就一块钱。我告诉你们,我的脑袋里,男人和女人的故事可多了,而且一个比一个好听。

讲个故事还要钱这让他们不高兴,觉得我不知好歹。

确罗说,上次《白鹿原》完了后让你讲,你推三阻四不答应。

我说,你们到底要不要听?我的水平你们是知道的。

确罗说,便宜点,太贵了。

一块钱还贵?世上哪有这么便宜的故事?

确罗说,故事我们也会讲。

能一样吗?土种马和纯血马的速度能一样吗?

确罗说,你有多少好故事?

我说,那就要看你们听故事的水平了,有些你们不会懂。

乌兰说,你这是什么意思?我们当然听得懂。

最终他们都同意了。

我从《西游记》开始讲。这本书我从七八岁开始读,读过不下十几遍,早就烂熟于胸了。又是整整两个小时,毡包里安静得只有我一个人的声音，所有人都不出声音，害怕破坏那种气氛。

往后的多少天里，我为他们讲了许多故事，我讲故事的能力日新月异，他们听故事的水平层层提高。我给他们讲《鲁滨孙漂流记》《飘》《平凡的世界》《藏獒》《堂吉诃德》《高老头》《穆斯林的葬礼》等我读过的书。

我的记性真好！我讲故事的才能真好！我都开始佩服我自己了。每天晚上讲完了故事，我们还讨论哪个故事好笑，哪个太悲惨，谁个让人心里湿湿的，谁又使人想起许多往事。然后我想到，我们本身也发生着许多故事。我对他们说我讲了这么多别人的故事，但是我们自己的故事讲出来也是一样的精彩。他们不赞同，说我们哪有故事我们没有故事。我说我们现在的生活就是故事。我以后就写这个故事，给别人讲这个故事。他们说你写的时候别忘了写我们每个人，讲的时候别忘了讲我们每个人……

金嘎已经认识了五百多个汉字，他的聪明和记忆力让我刮目相看。至于学了这些字金嘎该给我多少钱这个早就不提了。他已经没有钱了。而且我也相信再过一些日子，他们所有的钱都会在我身上，他们连一分钱也不会有。

在这期间，乌兰几次三番地要大家跟在确罗的后面去看个究竟，他说他敢打赌，确罗根本没有去约会，是死要面子活受罪，傻乎乎地去外面挨冻。我虽然怕事情的真相不是我想的那样，可我还是去了。因为我渴望见到她。即使见不到，我也想看看她的小帐篷。

那天晚上，乌兰对确罗说，你该出发了，时间不早了。

今晚不想去。确罗说。

你已经好多天没去了，难道你忍心让你的情人失望吗？

确罗没说话，他眯着眼斜靠在被褥上，仿佛魂游天外。

你不去我们去了？乌兰说。

确罗说，去啊，干吗问我？

乌兰说，你不会是吃了门板吧？

确罗抓起皮袄离开了。乌兰看着确罗的背影再次强调，我敢打赌他有问题，没有才怪哩！

半个小时后我们也出发了。我默默祈祷，但愿乌兰的猜测是正确的、唯一的答案。不久以后，我的眼睛渐渐开始适应了黑暗，脚下的小土坎都看得清清楚楚。很多地方被狂野的大风吹得露出了草地，更多的地方是厚厚的积雪。我们和确罗保持着距离，等他过了垭豁之后我们加快了脚步。站在垭豁上，对着下面的斜坡观察了一会儿，没有发现确罗的身影，我们一溜儿下了坡。一有风吹草动我们就立即趴下。整个山坡上都没有发现任何可疑之物。金嘎的眼睛最好使，因而走在最前面，我们落后二十多米跟着。这样走了一会儿，金嘎突然蹲下，然后敏捷地跑过来。我们头挤在一起，金嘎低声说，前面一个东西，看不清。

有多远？

一百多米吧。

你再去仔细瞧瞧！

金嘎爬去十几米后，我们也跟了过去。没多久就见前面出现一个人，看样子是确罗无疑。他走到金嘎前面十多米处停下，金嘎一动不动地趴在地上，仿佛死了一般。过了一会儿，他开始向金嘎扔石头，接着就听金嘎喊道，别扔别扔。

确罗说，金嘎，你在这里干吗？

还有我！乌兰一下子跳起来。我也站起来。确罗干笑两声。乌兰佩服地说，确罗，你是怎么熬过来的？不行就不行，你死要面子活受罪啊。

我心里高兴死了，我几乎欢叫出来了。要不是我还有一些理智，我真就高兴得跳起来了。

确罗说，卡尔诺你去，银措不讨厌你。

你怎么知道？

我第一次来的时候她说的。

她怎么说呀？

让挨打的那个有本事再来。

乌兰转而看着我，你去，这回她肯定不打你。

她也不知道我——

快去，就算她生气你也要去。男子汉大丈夫别尿。

帐篷的门被堵得严严实实，有两道系住门的绳子是从里面扣住的，我弄了好一会儿也没成功。这时听到里面有动静。

谁？她的声音让空气更冰寒了。

我屏住呼吸，不敢说话。我想缓缓，我想叫她多注意身体，想让她知道鼠疫的事情。我一直都在担心她，但我太紧张了，说不出话来。她已经开始骂了，我知道你是谁，滚！快滚！！

荒原上 | 235

第七章

早晨，洗脸的时候南什嘉说，今天投药的那片地很大，我们早点去。

今天是二号区的最后一片地吧？我也去，争取早点放完。兀斯说。这是兀斯第十次还是第十一次跟着我们放药了。自从鼠疫事件之后，兀斯对灭鼠的态度有了转变。以前他总是找机会对我们这些看着不怎么上心灭鼠（他坚持说我们吊儿郎当不认真）的年轻人进行说教，一套接一套的理论，而且头头是道。我们并不喜欢听，甚至很烦，但他不为所动，一有机会总是说上两句。但现在，他不说了，他开始行动了。他沉默寡言地拖着瘸腿自己行动。这么一来反而让我们感受到一股压力，工作得更认真了。当然和鼠疫的发生有关，但兀斯的举动是另一个原因。我们要不好好干活，好像既对不起自己也对不起兀斯，更对不起他死去的妹妹和阿爸。

现在我对兀斯也颇有微词，形式是很严峻，但他连气氛也搞砸了。要不是有我的"故事"和我的"爱情"调节调节，相信大伙儿更不好过。

我的事情他们现在格外关注。他们兴致勃勃地打算帮我渡过这次感情危机。不知是谁提到了写情书，于是他们认为这是一个具有高度可行性的计划。一上午，他们都在为这个计划而热切磋商。他们当然知道归根结底还是要看我，他们给我打气，让我振作起来，让我用我的才华写情书，写一封不成就写两封，两封不行就三封五封，一直写，直到打动她同意见面为止……我意动了。觉得这样的交流方式可能更适合打开我们之间的障碍，这种书信的来往本身就有一种诱惑性。可是送信是一件特别艰苦的事儿，谁愿意大半夜的跑那么远的路？

我把主意打到金嘎身上，他不同意，但在我的威逼利诱之下还是答应了。

既然有人送信，就差写信了，对此他们踊跃提出自己的真知灼见，乌兰甚至说要教我怎么写情书。我一笑拒绝了。我觉得在这方面还是我自己比较在行。那天下午的全部时间，我都花在了这封情书上面。我足足写了两千字，写了很多废话，我不知道说什么，就从见她第一面的遭遇和感受写起，我写着写着，就觉得仿佛干了一件见不得人的事情；写着写着，就觉得写下的这些字怎么看都糟糕透了。我从头开始写……我像小学写作文那样先打草稿，等又写了五百字，这天的下午时光就过去了。晚上，躺在被窝里我没有别的心思，只想着怎么写，我以前不怎么写东西，因此没有意识到写字的艰难，尤其是写出自己满意的文字更是意想不到地难。我是一个字一个字斟酌，一个字一个字写的。我去掉了"亲爱的"这种太暧昧的词，改成了"叫人难忘的银措"；也不满意，又改成亲爱的朋友！朋友？这不成。我划掉了，决定先不管了，先写内容。我趴在被窝里打草稿。金嘎和确罗一左一右老是偷看我写的内容，虽然他们认不出潦草字体，可也很烦人，搅得我不能认真写。于是我就发了一通脾气，他们便不看了，但这样一闹，我心情糟糕，什么头绪也没有了。我气呼呼地蒙头躺下，一会儿生他们的气，一会儿生自己的气,不知不觉,睡着了。

次日一早,天还没亮,我醒来了。我终于想通了,干吗要纠结于形式呢?我们交往的不是感情吗?只要真心真意地写心里话就好了,只要她知道我的真诚就好了。

这下我浑身感到轻松了,立即翻身从枕头下取出纸和笔,在新的一张纸上写:

银措你好!我叫卡尔诺,就是那个第一次被你打,第二次被骂"滚"的那个胆小鬼。我说自己胆小鬼是对的,因为要是第一次我胆子再大一点可能根本不会挨到打,同样第二次我要是胆子大点也不会被骂一声就灰溜溜地离开。我也觉得自己的脸皮不够厚,我的朋友说一个男孩子要是没有锻炼出足够厚的脸皮是追不到漂亮女孩子的。这话让我感到很吃惊,但一细想,也觉得有些道理。在他之前,从来没有人跟我说过这些,我也不知道怎么去追女孩子,尤其是像你这么漂亮的女孩子,我别说去追,甚至都没怎么见过。

我第一次见到你就喜欢上了你,应该说我从你可怜兮兮的背影喜欢上了你,从你好闻的长发喜欢上了你,更从你转身的那一刻喜欢上了你。你一定要相信我那天晚上不是来干坏事的,我就是好奇。他们把你说得像天仙一样,我就想,有这么美丽的女孩子吗?于是我就带着强烈的好奇心想去看看,我对自己说,去看看又怎么了?我甚至都没有想到别的可能。

但显然你误会了,你把我打了。这是我活该,我觉得你打得好!回来之后我好些天都神情恍惚,我都恨不得打自己一顿。我真的打自己了,有一天晚上,我想你想得痛苦,就到外面去,在寒冷的野地里流了一点泪,给自己的脸上来了两巴掌,以惩罚自己对你的冒犯。可是,随着时间越久,我对你的思念就越深沉,我真想再见到你。

你可知道我们这儿的一个叫确罗的人叫嚣着说也要追求你,那会儿我吓坏了,我担心得不得了。可我不知道该怎么办。你那晚的态度让我失去了再去找你的勇气。我只能心被刀割一样地看着确罗去找你,心里默默祈祷你也像对待我一样对待他。那天晚上我一点也没睡着,我一秒一秒地数着,我一分钟一分钟地等着,终于把他等回来了,他一点伤都没有,那一刻我的心都碎了。我以为你喜欢的是他。你知道那是一种怎样的毁灭的感觉吗?可是,我又高兴起来,因为第二天晚上他没去,第三天晚上他去了,可回来得更早。于是,凭着男人对男人的直觉我知道他在撒谎,你同样也把他拒之门外了。那一刻,你又知道我有多开心吗?

后来,我们跟踪确罗,他果然和我想的一样,我都快高兴死了,所以当确罗说你说了,叫那个挨打的人来的时候,我就来了。我想那天晚上你肯定不知道是我,要是知道了就可能不会骂了,但我脑子里一阵迷糊,一听到你骂就伤心欲绝,稀里糊涂地走开了。

现在给你写这封信,我是听了他们的建议写的。不是

荒原上 | 239

说我不想给你写信，而是我觉得你也可能会讨厌我。自从受了两次打击后我的状态确实出现了问题，我自己也知道。他们其实也是为了开导我，也确实给了我一点勇气，就像乌兰说的，我不写，又怎么知道你讨厌我给你写信呢？

　　那天我虽然没怎么看清但一定不会看错，你的帐篷里有书，这说明你也喜欢读书。我想如果你不反对我们用书信的方式交个朋友，就给我写一封回信吧！明天晚上十点半，会有我的朋友带着我的第二封信来。到时候你把回信放在门口（记得用石头压住），我的朋友取了信，也会把信放在门口。或者，如果你觉得这样不太好，就在回信里说一下我们在哪里交换书信。

　　另外你知不知道鼠疫的事情？据说很严重，但我们并不知道更多，这里没有外来的消息，即便有也是一星半点，不足为信。但肯定的是这件事对我们都有影响，你们那里有没有什么措施？

　　祝你睡个好觉，做个美梦！
　　永远都这么漂亮！

　　真奇怪，写这封信我有一种酣畅淋漓的感觉，仿佛一口气将这些字写在纸上，把精气神都调整好了，我甚至感觉到要是再次见到她，我一定不会惊慌失措。同时我也感到遗憾，我拐弯抹角地提出想带去一些消毒防护用具，遭到他们异常强烈的反对。这不能怪他们，是我不对。乌兰说他们村里肯定也会发这些的。我不太相信。

我认认真真把信修改了两遍,然后规规矩矩地抄写在一张崭新的纸上。我精心叠制了一个信封,将信装好,用一点面糊封了口。信封上写:银措亲启。

本来可以不封,但我怕金嘎偷看。如果以后常常写信他就知道我们的所有事了。他的进步太快太恐怖,以至于现在我都感到害怕。现在他翻看一页书,认识的字更多了,有很多词他能读写,虽然还没有完全搞清楚意思,不过我想这种情况要不了多久就会改变。而且我也相信再过一两年他会毫无疑问地超越我。如果他有一本字典,他的成就将不可限量。因为他帮助了我,所以我答应回去后将我的一本字典送给他。他这两天一直念叨着。我对他的这种恐怖的天赋既羡慕又嫉妒,如果说以前是带着玩笑心态的话,那么现在我是认真的。我怀着强烈的好奇想知道他会走到哪一步,会不会创造一个奇迹。

吃过晚饭,金嘎带着我的期望和他的保证一头冲入夜色。

他走后,确罗唆使我说说信的内容。我不说,他便骂我小气。

金嘎走的时候是八点过一刻,回来时快到十一点了。我等得心急如焚,以为他被狗咬了。他对我的担心嗤之以鼻,喷着寒气说,我看见一只受伤的小狼,就追了去,没想到跑远了。

你有病吧?大半夜的你追什么狼,碰上狼群怎么办?

我才不怕。他犟嘴道,再说哪有什么狼群呢?

你怎么知道没有?

这里又没有羊群,它们会跟着羊群走,它们都在冬窝子上呢。

孤狼也不好对付,你可不要大意。兀斯吓唬他,有的狼会悄悄跟着你,找一个好机会把两只前爪搭到你肩上,这时候你可千万不要回头,你一回头它就轻松地把你脖子咬断……

老掉牙的故事当然吓不住金嘎。他根本就没好好听,又捧起书看。我的《白鹿原》被他霸占着。我给过他一个旧本子,现在他快写满了。从这个本子上就可以清晰地看出金嘎的进步有多快。他刚开始写的时候每一个字都扭扭捏捏、东倒西歪,而且奇大无比,每个字都有他自己的大拇指那么大。写了几页,变化开始了,首先字变得小了,勉强坐到了在一条格子里;再过几页,连字的整体形象也统一起来,也就是从那个时候开始,他的字再也没有出格过;到现在,猛一看,我们的字还真没多大区别。他很快就会超过我,我坚信这一点,因为他是天才,而我不是。

夜已经很深了,我叫金嘎快睡觉。

我要吹灯了,我说。

你睡你的,我马上就看完啦,他煞有介事地说。

你看个屁!确罗怒气冲冲地说,不灭灯我睡不着,快点……

金嘎不敢犟嘴,气呼呼地睡觉。煤油灯刚熄灭,他还是忍不住哼了一声。

你哼啥?确罗马上就问道,你想骂我?

金嘎翻来覆去地折腾,一会儿轻轻发出叹息,一会儿又把牙咬得吱吱响。

他肯定是恨死确罗了,却又不敢反抗。确罗把他吃得死死的。

　　夜阑人静，我睡不着。我想她想得睡不着。她的容貌是那么清晰，以至于把原本有些模糊的样子轻轻松松补齐了，她的影像活生生地留在我的脑海中，只要我愿意，我一天到晚都可以看着她。而且我也由此坚信我已爱她爱得深沉，我相信切身感受到的才是真实存在的，为此我不断地去触及我灵魂那块柔软的地方，不断地接受我对她的爱所带给我的折磨和疼。

第八章

　　翌日一大早，我趴在枕头上，点了一根烟，静静地抽着，一边思考今天要写的信。想了半天也没有头绪，只觉得越想越乱，怎么写都不对。我又担心昨天的信，当时觉着挺好，但现在拿出草稿一看，心里就凉了，这都写的什么呀？看看这语气，这滔滔不绝的架势，她一定会觉得我是个自大狂、一个自以为是的家伙。

　　去放药之前我们照例检查了自己的装备：胶皮手套、有一股子干燥刺鼻的气味的口罩、轻便的钳子、汽油，都带上了。南什嘉照例问我们有谁觉得不舒服，于是我们就嘻嘻哈哈地都说不舒服，要求休息一天。南什嘉说这里待着有什么意思，赶紧干完了回家休息去，但我们都知道不会那么容易让我们回去的。自上次村长走了后，这里再没人来过。他说过如果有事会有人来通知，没人来就是没事，但南什嘉说并不是如此，鼠疫事件现在闹得沸沸扬扬风声鹤唳。

我们千万千万不能马虎大意,你们一有不对劲马上报告。南什嘉警告说。

他怎么没来通知我们?

所以我们要尽快干完,然后撤离。

尽快?怎么个尽快法?还有老大一片呢。确罗说,干脆我们马上回去,剩下的谁爱来谁来。凭什么是我们?

这能怪谁?你要是不贪图那点工资也就不会出现在这里,既然来了,那出了事就不能逃避。

南什嘉你这是什么意思?

要么别来,既然来了就得有始有终。这不仅是我的意思也是村长他们的意思。

你觉得我会在意他们和你的意思吗?

那你想怎么着,想离开?

确罗沉默不语。眼下的处境他清楚得很,只是心里愤愤不平,觉得上当了,被抛弃了。

路上金嘎一口气背了五首诗,把他们惊得够呛,因为我教他这些诗的时候他们都不在场,现在金嘎突然来这么一手,他们就感到不可思议。确罗既嫉妒又愤怒地说,你光会背有屁用?你知道意思吗?

金嘎得意地说,现在我当然不知道,但我以后绝对会知道。我的将来一片光明,简直金光大道。他终于从确罗这里找到些许优越感,幸福得脸都红了。

兀斯对金嘎的表现相当满意,昨天下午还让他写一写他的名字，金嘎写对了后一个字，前面的兀字他没学过，以为是无或五，他把两个都写了，让兀斯挑一个。兀斯掏出身份证，原来是吴斯，连我都弄错了。但我觉得归根结底还是当初登记身份的人弄错了。兀斯说那时候根本就是随便写，才不会考究名字的字义，户口上添名字是要看运气的，要是那天填写之人的学识不咋地，他就随便弄一个字了事；有时候就算有学识也靠不住，他不想动脑筋，也随便填写，于是兀斯就成了吴斯，好像一个汉人的名字。

金嘎信誓旦旦地说他的名字绝对没弄错，他老子对这类事可是很认真的。

确罗说你有种再背五首。金嘎说行啊，我明天背给你听。说完他看着我。我点点头，金嘎就再次得意地朝确罗一扬眉毛。

确罗讽刺我说，你既然那么想当老师，就连我也教一教吧？不过我想你除了写字也没什么可教的，我是不会学字的。

孺子不可教也！

你啥意思？

说你无知还真没错，连骂你什么都不知道。要不我教你一些骂人不带脏字的话？

他哼哼唧唧地跑到前面和南什嘉走在一起。我趁机叫金嘎再把昨晚的经过好好地说一遍，好让我知道接下来的信怎么写。金嘎苦恼地抠着头，说也没啥呀，就是去了后把她叫醒，然后把信从帐篷的缝子里塞进去，然后说明晚来取回信，然后就走了。

我连连点头，不知是错觉还是真的，反正我觉得仿佛得到了点什么。我说难道她连一句话也没问？

没有。她连一声都没出。

不行，今天晚上我也去，我要亲自感受一下才能写出好的情书出来。

那你自己去吧。

我……还是我俩去吧，我们可以在路上学习。我没说我害怕走夜路。金嘎支支吾吾，显然不想去，但我不给他找理由的机会，说就这样定了，以后我们一起去送信。

金嘎说我还没同意呢。

我是你老师，你是不是应该帮助我？是不是应该尊重我？是不是应该听我的话？

可我给了你钱啊。金嘎反驳道，那就是学费。

哪有那么美的事，哪个老师会因为那点钱就教你这么多？你老实说，我这些天来教给你多少知识？你有没有想过，等我们回去的时候，你可能就是以一个知识分子的身份回去的，那些中学生在某些方面也不能和你比，你想想。

金嘎自豪地笑起来，说你说得对，我果然要以知识分子的身份回去。他兴高采烈地同意奉陪到底。他对天天夜里走路受冻这种小事不屑一提，因为这对他强壮的身体而言根本就没啥好说的，所以他一点也不在意。

放药的时候我心不在焉，一门心思想着信的事。真是书到用时方恨少！我自以为读书多、有见识，写几封情书理当不在话下，但只有真正写了才知道有多难，需要考虑的问题太多了。而一封糟糕的情书起到的作用是灾难性的。难道没有这种可能？

不不不，这种可能性太大了，大到我不得一次又一次地揣摩要怎么写。我越想，就越沮丧了。眼看下午开始返回了，但我没有想出来。这让我意志消沉，和谁也不说话。兀斯和我走在一起，他说你觉得她怎么样？

我想了想，不知道该怎么形容她。她很霸道。但我不想这么说。

那你是怎么打算的？

我想了想，还是不知道。

你不知道，你没有好好想过，这就是问题。兀斯说。

我一直在想，我会好好想的。

你白天想的和晚上想的是不一样的，你也没有往长远里考虑。

回到营地，兀斯问我们晚饭吃什么。

金嘎说吃面片，确罗说吃拉条。兀斯说，那就吃面片吧。然后就开始做饭了。

我吃了两个馒头，喝了三碗茶，趴在铺盖上展开皱成一团的草稿，看了一遍，暗想也没那么糟糕，然后我在空白处写下了以下这些句子：

亲爱的银措，我在想你会给我什么样的回信。我想了半个夜晚，今天又想了一天。此刻我在写第二封信，之前焦躁的情绪消失了，我的世界安静安详了，我的世界只剩下你了。由于没有更适合（我是说适合于我们之间彼此的称呼）的名称，我暂且这样称呼你，我希望我们能够建立起一种相通相融的阅读方面的关系，以一种我们的"亲昵"的称呼来区别我们与别人的关系。我是说如果我们的阅读和现实的符号一致着，那么是不是意味着我们归根结底都是在虚幻着？我觉得我们应该想办法建立实质的根基……

另外，还是"鼠疫"的事。刚开始几天我们吓坏了，连最不知天高地厚的确罗都吓得不知所措，却还装作一副无所谓的样子（他就是这副德行），但我们都看得明明白白，没有揭穿罢了。我们都担忧，担心外面的情况。这是最可怕的，我们不知道外面发生了什么，到底怎么样了。真觉得我们被抛弃了，自生自灭。你知道些什么，请告诉我。

我想我又写了一些幼稚的、不知所云的东西。世上有这样欲盖弥彰、自以为是的情书吗？但我不想改。我觉得我正是用这种有毛病有缺陷的方式在和她构筑我们的关系，所以这封信的意义就不是单纯的情书，是一个沟通我们之间的某种氛围的东西。我感到一丝满足。虽然我在她面前头破血流，没有一点用处，但在文字交流中我预感到我一定会占据主动，我会找回尊严。

兀斯在面片饭里切了好多肉，因为我们的肉多、菜少。我们有土豆、甘蓝、大葱、洋葱、红薯粉条和土豆粉条、菜瓜等，大部分菜已经吃完了，剩下的土豆和粉条最多。牛肉和羊肉还各有一条完整的大腿。这顿面片里的羊肉就是那条羊大腿上新鲜的第一刀。兀斯把冻得跟铁一样的羊大腿放在案板上剁的时候我看了一眼，按照他的用量，这条腿吃不了几天，但他肯定不担心肉不够，因为除了两条大腿还有别的肉。

我和金嘎一起帮兀斯揪面片。金嘎来这里学到的第二个本事是揪面片，揪得很不赖。每做一次面片，兀斯就使劲夸他一次。这样一来，金嘎成了兀斯的助手，干了很多本应该兀斯该干的活儿。有几次我还替金嘎打抱不平，但他自己说十分愿意，就像他现在愿意识字一样愿意，那我还能说什么呢？

我吃了两碗面片，想了想，又硬是多吃了半碗。金嘎已经吃第四大碗了，白瓷瓷的大碗好像装的不是食物，而是空气。其实我们所有人都能吃，做饭用的是直径有四十厘米、深达五十厘米的大铝锅，兀斯要做满满一锅才能满足我们一顿吃喝。为此兀斯已经抱怨过无数次，但最让他感到吃不消的是蒸馒头。我们吃得太狠，他辛辛苦苦蒸出来三四锅馒头不够我们吃一星期，而且是馒头做得越好我们吃得越快，后来他耍心眼，做得差了，但也只是多吃了一天，他还是每过三四天就要花费大半天蒸一次馒头。我想他想方设法把金嘎搞定，多半是为此考虑的。因为自从金嘎愿意帮助他以来，他就没再和过一次面，所有做馒头的面都被金嘎玩儿似的弄好了，所以他现在是越来越喜欢金嘎了。

饭后金嘎说要睡一会儿，他果然睡着了。我是无论如何也睡不着的，于是就坐在门口，眺望远方昏暗中的群山发呆。我意识到关于银措的一切对我层层叠叠（几乎是突然）的追加的影响，是我始料未及的。我有时从乱糟糟的脑海中努力提炼出一点意向，那些小火苗一样的念头似乎足以燃烧了我，让我更能感受到爱。

九点钟我叫醒金嘎。我们穿戴好，走出毡包。遵照我们的协议，我得教他点什么。他说要背诗，明天给确罗背。我就勉强凑出五首教给他。他仅仅听了一遍，就背会了，然后就不怀好意地把我抛下，眨眼间消失了。我喊了几声，又惊又惧地加快脚步。他等在上次我们窝过的凹地里，嘿嘿地朝我坏笑。我稍做歇息，怀着某种激荡而壮烈的情绪朝那边走去，信已经被紧紧捏在手里。我听见那两只可恶的狗叫起来，但没有冲过来。

我远远绕过大帐房，那门缝里仿佛有一双冷酷的眼睛在盯着我。我走一会儿，就觉得有人悄悄地出了那帐房，悄无声息地跟过来了，一回头，却什么也没有。我走到帐篷门口，静默地看着帐篷外面厚厚的门帘，我似乎还记得当初我推开里面的木门时的那种侵人心脾的冰凉，那种令人感到镇定的错觉。如今，我又觉得人生奇怪的历程其实从很久以前就有迹可循，只是人们没有能力把它抓住。我们时常以麻痹自己来渡过劫难，而且还会找一些方式来弥补这个伤痕。而我的伤痕，就需要情书来弥补。我低下身去，很顺利地在一块宝贵的红砖之下摸到了一片纸，是一个信封。我像幽会成功的少年一样愉悦起来，我甚至有一种探险完成后庄严的仪式感。我把信掴好，把给她的信连袋子压在红砖下，又在红砖四下里摸了摸，确认没有暴露出来。我站起来，再一次屏住呼吸，努力延伸听觉，试图得到一星半点她的动静，但我失望了。我站立五分钟，一点声音也没有。

好像她的不出声更让我感到幸福。终于，我带着满足的心情离开了。回去的路上我几次都忍不住想看信,但每到最后关头都硬生生忍住了。但在快要回到营地的时候,我突然想到要是进去了再看,他们也会来凑个热闹,我不知道她到底写了些什么,要是她把我绝情又狠辣地臭骂一顿……

我和金嘎找了个避风的地方,他掌着手电,我拿出信。信封还是我的那个信封,她没有封口。我哆哆嗦嗦地抽出一张折叠的纸,凑着一束白光我盯住纸面:

卡尔诺,你还真有意思。我确实没有想到你会给我写信,所以当我被你的朋友叫醒,然后接到信的时候我半天都没回过神来。首先我要说明的一点是,我并不是特意针对你的,我这几天心情不好,因为和一个算是朋友的人闹别扭,不过现在好了,今天我去把她揍了一顿,我把她打倒在地……算了,不说这个了。能收到你的信,这封平生第一次收到的信还是让我很开心的。你说的很多话我一时半会儿还没想明白,但有一件事你说得对,我爱读书。我的帐篷里有一些书,但不是很多。而且你不知道的是我还在写诗歌。我很早就知道自己有这方面的天赋,我的诗歌也得到过一些人的好评。虽然我写得并不是很好,但时间和阅历、感悟和沉淀会慢慢把我磨砺成一个优秀的诗人,这一点我相信就足够了,不需要别人的认同。

写信交流我乐见其成,觉得可以把很多话都写上去,可以写得肆无忌惮,可以写得天马行空。我们总是不能随心所欲,越是长大了越多束缚,越是变得笨重木讷。所以

荒原上 | 251

一旦有机会就要抓住。写在纸上就是这样一种机会，所以当然要珍惜。

　　关于鼠疫……老实说我不在意，生死有命，真要是来了，我们这些和老鼠生活在一起的人，又能逃到哪里去？不过你放心，我们也有那些东西。而且好像有人死了（我真的没怎么在意），但不知道多少人，我会打听打听。我们家和外面的人不接触好一阵子了，简直和你们差不多。我阿爸出去过，到乡里去了，回来说乡上忙得紧，啥事也办不了。好像鼠疫已经到来了似的。我只知道这么多。

　　我五味杂陈地读完，然后又一字一字地读了一遍。一个性格开朗而果断的形象就套在我心中那个女孩身上，直到这时，我才真真切切地感受到了她的气息，她在我心中彻底活起来了。我不由自主地呻吟一声，完了！看看她写的信，看看她字里行间的飞扬的霸气，看看她理所当然地掌握主动权的意识，我的脑门一个劲儿地突突跳。

　　金嘎陪我看完了信，咂着嘴夸张地嚷道，哇哇，你女朋友好厉害！居然在写诗？连你都不会写吧？

　　我猛然一惊，对呀，她在写诗，她是一个诗人！

　　你会写吗？金嘎用胳膊撞了我一下。

　　当然会写，但……但要写出好诗是很难的。

　　我知道不容易，所以我才觉得她好牛啊！

　　我无法反驳了，而且我为什么要反驳呢？他说我的女朋友好，我应该高兴，从她回信的那一刻就已经算是我的女朋友了。

可让我感到难受的是她远远比我想的要有才华多了。我之前自以为是地认为她虽然读书，但也只是限于读书……人往往总是在顾着埋怨而忘了防备的时候遭遇袭击，我就在毫无心理准备时被她刺了一下，我没有把这件事展开分析的勇气，急匆匆地遮盖掉了。

第九章

　　金嘎大嘴巴一张，就把银措学问好，还会写诗的事情说了出来。他们惊讶、兴奋、感到不可思议。他们以为她回复的信是一首情诗，怂恿我念给他们听。我一拒绝，他们便强行把我摁倒，抢走了信。他们让南什嘉念。南什嘉看着我，我说你要是敢念你就走着瞧！他龇牙一笑，就开始念了。

　　他们听完了个个都张着大嘴巴，和金嘎一个样哑吧着嘴巴，一个劲儿地说厉害厉害，真他妈厉害。因为没有诗出现，所以他们也就没有深入探讨到底厉害在何处，只是觉得一个女孩子能写出有条有理的信，还能写更高级的诗，这就不是一般的厉害！他们对她打人的事情只字不提，仿佛没有这段叙述一般。不管他们有什么古怪的想法，我又要烦恼回信的事情了。这回又要说些什么呢？

　　思来想去，我觉得还是得从她喜欢的诗歌上谈，可是怎么谈？我对诗歌了解多少？我想了想，我对诗歌几乎可以说是一无所知。那么又能跟她说些什么呢？她的水平一定是超过我的，我说得不好等于是在自找死路，不说又显得和她不是一路人……太纠结了。这天晚上我又失眠了,自从认识她以来,我没睡过一个好觉,我时时刻刻都被她折磨着,有时候我想,难道她是我前世的仇家,今世来复仇吗?

  亲爱的银措:

    以前,我从来没有想过缘分这回事,但现在这个东西活生生出现了,出现在你我之间,我用炽烈而明净的态度拥抱住缘分,不想让其轻易离去。我有时候感到一阵阵惊悸后怕,我不知道要是我没有认识你会是一件多么可怕的事情,我浑浑噩噩地一天一天过活着是一件多么可怕的事情……可是,幸好,你出现了,你来了,你在我毫无准备的时候来了。幸福来得太突然,我猝不及防地接住,难免感到手足无措,并且愚蠢地伤害到了你,我真恨自己!

    读了你的信,知道了你是一个诗人,这几乎再次打垮了我,我感觉和你的差距这回是明显地拉大了,但我很快也调整过来了。因为我觉得自己用不着去妄自菲薄,我也有自己的长处和优点,我也有优秀的一面,所以,我才这般从容地给你写这一封信。这是我写的最自在的一封信,也是最自信的一封信。可我不知道自在在哪里,又自信在哪里。不管你看了后是什么感受我都可以坦然地接受,期待你的回信。我喜欢读你的信,哦,不!事实上是我喜欢你的一切东西!

    关于读书,想必我们因为读的书的不同而有着自己别样的观点,但你是诗人,读的文学书籍应该多一些吧?我也是,我尤其爱读小说。但要我在这里说出个一二三来我也不知从何开口。哎,这可就让我有点尴尬了,本来在写信之前是想写一写的,但现在,我的笔变得无比僵硬了,索性算了吧!

想了想,还是忍不住想说,昨天晚上来送信的是我。

这封信会带给我什么样的"命运"?我觉得自己以一种隐蔽的方式挑战了命运。为此我既高兴又悲哀,不愿意考虑后果了。

晚饭前,兀斯又骂金嘎了。兀斯老是骂金嘎,但这种骂是父亲对儿子的骂,所以金嘎有时候一顶嘴兀斯就特别生气,这回他也是气呼呼地说,你以为你是谁?要知道我们都是孳障的人。你也是一个孳障的人,你想乱来,那能有啥好处?没有!

原来金嘎异想天开,想要努力学习知识,然后离开草原去城市生活,他还想找一份好工作。大伙儿一听这话就笑得很欢实,七嘴八舌嘲讽金嘎。兀斯认为金嘎学了几个字就不知道天高地厚,简直可笑至极。

金嘎很不服气,他认为只要他把所有的字都学会,只要他有学习的强大能力,就可以去试一试。他说,我才不信,凭什么我不行?你们又没有试过,你们也不识字。等我到了可以像卡尔诺一样看书的时候,我就会去的。他说得信誓旦旦,态度也十分严肃,和以往判若两人。

兀斯又气咻咻地骂了几句,无奈地看着我。意思很明显,就是让我去劝劝。可我觉得金嘎是好样的,我支持他这样想也

荒原上 | 255

支持他去这样做。于是我悄悄地给了他一个鼓励的眼神，他就高兴起来，把晚饭的面团揉得十分起劲儿，再也不管兀斯对他的横眉竖眼。

兀斯没有从我这儿得到想要的，就对我也生气了，把锅瓢弄得噼啪作响。以前兀斯做饭，尤其是做面片的时候，还会把肉块啊葱啊先在锅里炒一下，等到肉变色了，烧焦的葱散发那种特有的香味，他再把水倒进去。但现在他不这样，他已经懒得那样做了。这段时间他常常说的一句话是上当受骗了，他说他没想到我们竟是如此能吃，而做饭又是如此辛苦，比起去放药简直不知道辛苦了多少倍……尤其是蒸馒头的时候，尽管有金嘎帮忙和好了面，但他还是累得够呛，而我们又没人愿意帮忙，每当这时，他的脾气就异常火爆，稍有怠慢就会哼哼唧唧地骂起来。他的辛苦我们看在眼里，所以倒也没谁去抬杠，只当是一阵带着噪音的风，吹一会儿也就过去了。就连和兀斯闹过矛盾的确罗也缄口不言，一点不给小心眼的兀斯找他麻烦的机会。

面片饭里没有了烧葱的味道，便降低了不止一个档次。结果就是原来吃四大碗饭的人，现在只吃三碗，或者两碗半。兀斯对此结果非常满意，做饭做得更加随意了。要是有谁抗议，他就会说，行啊，那你来做，我去放药。我又放药又做饭，你还弹嫌起来了？

好在他有分寸，而且极好地掌握着，一直都没有超出我们忍受的底线。现在大家都对兀斯敢恨不敢言，那滋味，难受极了！即便这样，兀斯还是时不时闹一些小情绪，他会让我们自己凑合着吃一次午饭。因为每天放完药回来已经是两三点钟,有的时候都四点了,很快就会吃晚饭,所以大伙儿也能接受这个,但也不能天天的午饭都是茶和馒头啊,连吃几次,胃里直冒酸水。直到南什嘉用组长的身份提出抗议,兀斯才不情不愿地炒了两天土豆片,但到了第三天他又不做了。后来形成的默契是每隔两天,他会炒一大锅菜。由于没有什么菜了,所以不是牛肉土豆就是甘蓝粉条,这两种菜轮番上阵。不知道兀斯是不是故意的,自从这种规矩形成后他炒的菜不是没放调料就是咸了,要不就像一锅汤水。但我们只能乖乖地吃了,而且不能表示不满。如果再说他的不是,他就会指责我们得寸进尺,并理直气壮地拒绝再做饭,所以谁都要小心翼翼和他说话,也就金嘎能够顶撞他几句。

因为心情不好,兀斯早早就睡下了。他这段时间情绪低落,不愿意说话。兀斯并不老,但年龄和身体像一道洪水一样把他分开了,时间越久他越害怕,现在他更害怕,因为鼠疫来了。事实上他已被恐惧牢牢套住,他一直在挣扎,这我们都看得出来,他活得艰难。

他说的另外一次鼠疫他不愿意说,我问了两遍他才告诉我。原来那不是鼠疫,是另外一种瘟疫,发生在他的祖父祖母身上,那已经是差不多八十年前的事情了,那时候都是部落。那场瘟疫在那个信息交通都落后的年代毫无征兆地降落到部落里,短时间内就有大量的牧民死去。直到死了很多人,部落才知道瘟疫又来了。部落与部落之间不再走动,需要交流他们就约定在一个地方,隔着山谷站在两个山头对话,若有更重要的事就写信,然后用抛石绳将绑着信件的石头打过去……来往的信件都要从两堆火之间穿过,然后用柏香熏,把一切不干净的东西除掉……

为了消毒,他们就用火烤,用柏香熏,人身上、衣服上、毡包里、家具上、被褥上、马具上、马身上、牛羊身上、牛羊圈里……所有看得见用得着的东西都熏烤,还在整个部落里撒上牛粪灰,因为牧民们相信,牛粪灰会把看不见的那些魔鬼淹死。

兀斯说,我们家一直以来都多灾多难,我的祖父祖母在那场瘟疫里死了,到了我阿爸这一辈,我的阿爸和妹子死了,现在是不是轮到我了?但我想不会,因为我这一辈已经死了人了,虽然不是瘟疫但反正是死了,而且我的下一辈也死了。我们家里,每一辈都要死几个人,其他的才能活着。

他在年富力强的时候,在一个无风无月的夜里杀死了三只同样年富力强的草原狼,那是他人生最辉煌的时刻。但这不久之后,他妻子就死了,莫名其妙地死了。顺便带走了腹中的儿子……他坚持认为他的家族背负着巨大的罪孽,所以他不会停止对自己的谴责,他手上的佛珠长久以来从未停止滚动,他嘴里若有若无的经文仿佛与生俱来,永远成了生命的重要部分……

我同情他,但每个人、每个家庭都有磨难。他身上发生的事情,同样会发生在别人身上。我不会太在意他的祖辈、他的父辈、他的妻儿和那三只狼,不会在意那串佛珠磨平了他多少指纹,磨掉了他多少指甲,更不会在意他嘴里的经文是为了忏悔还是为了祈祷……但我和金嘎出门，我去追求爱情，他去追求知识的时候，我由衷希望兀斯能够拥有安稳安心的日子。

路上金嘎迫不及待地问我对他的想法有什么想法。我说挺好的。

挺好的？他提高嗓门质问，那是怎么个好法？你在耍我？

不要说耍，可以换成敷衍。

嗯，你在敷衍我？

没有，我得想一想，我刚才觉得你有魄力，既然有那个心，有那个决心就去干，你才二十多岁，有时间犯错和挥霍，但现在我又觉得还是得慎重一些。

我就是想出去看看，我觉得出去走一走总比一辈子待在这里强一些。

当然强多了，所以我支持你。而且我觉得你一定会生活得很好，因为你有强大的学习能力，只要有了这个，你在哪里都会活得很好！

一说到他学习好，他就高兴，走路更轻快了。

> 黄河远上白云间
> 一片孤城万仞山
> 羌笛何须怨杨柳
> 春风不度玉门关

他特别喜欢唐朝诗人王之涣的这首《凉州词》，总爱用那半生不熟的普通话大声朗诵。他还喜欢王昌龄的《从军行》，就因为里面有"青海长云暗雪山,孤城遥望玉门关"。诗中有青海,所以他也常常念在嘴边。

他最自信最豪迈的就是在念诗的时候,那些诗仿佛根本不是我教给他的,而是他与生俱来的。他在读出来的时候自然而气势十足,他才是真正的诗人。我对银措写诗这件事不再忐忑了,因为我突然明白不是只有写诗的人才叫作诗人,有一种诗人是不用写诗的,他会让诗用灵魂的声音诵唱天地间,永不消散。只有那些一遍一遍、一次又一次用灵魂写诗读诗的人才是真正的诗人。只有他们才能将诗歌永远流传下来……

我激动地说,金嘎,你才是真正的诗人你知道吗?你才是诗人!

他得意地哈哈大笑。

我径直朝帐房走去。我已经不再害怕她家的狗了,也不担心那个大帐篷了。而奇妙的是自从我不怕它们以来它们就再也没有出现在我眼中。这个夜晚仍然静悄悄的,我借着月牙儿的微光摸到砖头,摸到了下面折叠的纸张,把怀里的信用砖压好。当我站起来准备离去的时候,我听见她在里面喊了我的名字。这声轻微的招呼是如此清晰,我根本就不怀疑是自己听错了。我的心又不争气地怦怦乱跳起来,我颤抖着轻轻地叫了一声她的名字。里面是一阵沉默,然后她说,你进来。

我脑后的经脉仿佛要从皮肤里鼓胀出来,那鼓起的筋线一点点地延伸着,很快头皮就开始疼起来,我双手摁住头,惊恐地不知如何是好。我呆呆地站立着,我又听见她在说,快进来,你——

但我的耳朵也不听使唤了，嗡嗡地响着，后面她说了什么我听不清。我头昏脑涨地进去了……我的嗓子眼被一大团东西堵住，张了张嘴，喉咙里便一阵刺痛，我甚至有一种小腿要抽筋的感觉，我觉得我会晕死过去，这样一想我就有了一个古怪的感觉，仿佛自己真的会晕过去，接着我居然真的晕过去了。

也许是我自己不愿意醒来，也许是我真的醒不过来，反正应该是过了很久，我看见了眼前的一片漆黑，我第一次看见黑暗中的黑色，像空气中的呼吸一样自然地出现在我眼前。我动了动，好一会儿才想起来在哪里。于是我发现自己躺在床上，我听见了旁边的呼吸声。我不知道自己该不该坐起来，我不是特别紧张了，仿佛一个昏晕把所有的紧张都带走了。我想咽一口唾沫，但嗓子太干了，一点水分也没有。我很自然地，连自己都没有意识地说了一句，有水吗？我一怔，在打火机的光亮中接过水杯。我不敢看她，可这杯水真凉啊！凉得进入喉咙时仿佛一条流焰倒了进去，那是一种撕裂的融化的痛，旋绕着将我的咽喉摧毁，我吐出半口气，终于可以确定喝了这杯杀伤力十足的水，我是要受罪了，因为嗓子眼正在以一种飞快的速度肿胀起来。我再次咽一口水，嗓子眼里那种熟悉的感冒严重时的疼痛和艰难就出现了。我怀疑她是不是故意的……

她就躺在我身边，我看不见她。但我坐起来的时候，她也窸窸窣窣地起来了，她点燃了蜡烛。她披着她阿爸的大皮袄，面无表情地看着我。

我在想……我得有多可怕，才会把你吓晕过去？我有多可怕？她好像对我的表现极为愤怒，所以声音冷得就跟那杯水一样。

我是因为紧张才晕过去的,可不是怕你。我沙哑着声音说。

那你紧张什么?怕我打你?

你再打我多少我次都不在意,我就是因为太喜欢你才……

她突然吹灭了蜡烛,你喜欢我喜欢得晕过去了?

我是因为太喜欢你,所以激动得晕过去的。我几乎是一字一句地说。

她扑哧地笑了,说,你确定真是这样?她戏谑的语气让我感到不舒服,但转念一想,她这是在以这种玩笑的方式缓解尴尬吧?不然我们怎么交流呢?

于是我就高兴起来,也嘿嘿地笑起来,去捉她的手却被她避开了。

我晕过去多久了?

十分钟吧?我没注意,反正有些久。

你可不要嘲笑我。

她咯咯地轻笑起来,我没嘲笑你呀!

那你笑什么?

我……我就是觉得好笑……

那不就是在嘲笑吗?

没有。我就是……今天很高兴见到你。她用这句话表明了她没有看不起我的意思。

我得意起来,多大的进步啊,写信果然是好办法,这回她可比上次好相处多了,而且还笑个不停,这是好兆头啊!

你快走吧,不然你同伴要冻死了。

明晚我再来看你。我担心的是这一天一夜叫我怎么熬。

她的脸一红,胡说什么,不要来。

我来给你送信。我说着,从帐篷探出身子,取了砖下的信递给她。我握住她的手,舍不得松开。我更舍不得离开,赖着和她又说了好多话。我不知道说了什么,反正我们都在说着笑着。不知过了多久,我恋恋不舍地在她的再三催促下轻飘飘地走出帐篷。我浑身滚烫滚烫,连嗓子也不怎么痛了。

金嘎冻得直哆嗦,但很兴奋,一个劲儿地追问是不是搞定了。

我说,嗯,搞定了。

你真的睡了她?金嘎一把拉住我的手,一双眼睛都快要冒出光了。

胡说什么呢,我们只是聊天。

少扯淡,你进去一个多小时了,快说说怎么样?你摸她了吗?

我都说了只是聊天,再说她是那种随便的人吗?

金嘎遗憾地叹息一声,仿佛我没有做一些事情,是他的损失似的。

我们在前一个晚上看信的地方停下看信。这回她的信比较长,我俩忍着冻挨着冷一连读了好几遍。

可爱的卡尔诺,你的第二封信在我看来只说了一件事:我们的发展。

你果然听话(感觉怪怪的),这封信写得云山雾罩,让我不明所以。我连猜带蒙，不知道对不对。但这样一来就更有趣了，至少不是一封干巴巴的信，显然我们以书信的交往现阶段是成功的。哎呀，你可知道在寒冬深夜，哆哆嗦嗦地给你写信可不是一件容易的事儿，但有趣极了。我的过去平平淡淡，甚少发生有趣的事情，不知道为什么，我很少有朋友，女性的更少。上学的时候总有几个女的看我不顺眼（大概是我长得比她们好看的原因吧哈哈），我对她们也是如此，因此倒是没少打架。你见过女人打架吗？可比男人凶恶多了去了，仿佛仇深似海。这点让我特别感慨，我甚至有一段时间因为自己是个女人而了无生趣，开始恨自己的身子了。但后来一想，他妈的，这是我懊恼就能解决的吗？于是也就想开了。

前天——还是昨天，我忘记了——阿妈拐弯抹角地侦查了我，他们俩好像知道夜里的动静了，心里肯定担心死了，但嘴上不明说，还装作若无其事的样子，好笑死了。改天我想吓吓他们——就说我已经怀孕了哈哈……

再过一个月就可以回到冬窝子去了，好怀念家里的火炕啊。真是冻死我了。每天夜里我至少要被冻醒两三回，每次一醒来，鼻子和耳朵都要掉下来似的。我仿佛听见它们可怜兮兮地在哀求我好好照顾一下它们，不要没心没肺地不管。我现在在锻炼自己闷在被窝里睡觉的本事，但困难在于呼吸，闷一会儿就受不了了。而且一旦睡着，我的脑袋自己就钻出被窝去了。真烦恼啊！我问过阿妈该怎么办，她奇怪地看着我（仿佛不认识似的，又好像在怀疑我是不是她的孩子），估计在她看来一个土生土长在高原上的孩子，居然会害怕高原的夜晚，实在荒唐。

　　说来你不信，我这会儿是脖子里夹着手电，跪在被窝里写信的。这样比刚才好多了，至少手指灵活了一些。写的字嘛是丑了一些，但和真实水平没关系，我写得忘乎所以的时候才不管那么多呢。

　　行啦，我的脖子都发酸了，就先到这儿吧！

　　至于"鼠疫"的事，抱歉啊，我没打听到什么有价值的消息，我阿爸知道的不比我多，应该没什么事吧。管他呢，先把眼前活好，我可没有那么多脑子想很多事情，我劝你也不要管，我特意调查了一下，我们草原人，就是几乎天天和老鼠打交道的人，从古至今好像都没有因为它们身上的什么东西而死了人。这一点实在奇怪死了，但又好像在情理之中。我阿爸说魔鬼只会找害怕它的人，所以啊别担心，还是多想想怎么给我写好玩的信吧。

　　我一连读了几遍，鼻子发酸，心头涌起强烈的怜爱，恨不能把她的寒冷统统都揽到我身上来。她写得真好！我炫耀似的问金嘎，怎么样，厉害吧？

　　金嘎满口佩服，她写得比你的多多了。以后你也写长一点。

　　我答应着，但觉得以后似乎不用再写信了。我每天晚上都要去见她。

　　而事实上我确实每天晚上都去和她幽会。我晚上七八点钟离开，早上五六点钟回来。我像一个上班和回家的人一样行走在一个垭口的两边。这点山路对我来说已经不算什么,我乐此不疲,不怕寒冷侵袭,不怕黑暗世界。我们每天晚上聊奇奇怪怪的话题,然后做爱,相拥着沉睡。早上她像一个温柔的妻子轻轻地摇醒我,说你该出发了,于是我就离开温暖的被窝,迎着寒风翻过垭口奔向工作。而她忙着家里的事,等着我晚上回来……

第十章

  日子一天天过去,我们工作的范围越来越小。再困难的事情都有结束的一天。大家都挺高兴,离家都三个多月了,想家想老婆想孩子想坏了,想睡热乎乎的炕,想吃热乎乎的家里饭。回到家就不用再忍冻挨饿了,不用再担惊受怕了,但我们没有接到通知,南什嘉说没有接到通知就不能回家。但他又保证说工作全部结束后,顶多三五天我们一定可以回家。

  可是我不想回家,我感到难过。我不想离开她。我们才刚刚开始。我觉得漫长冬夜变得越来越短促了,几乎一眨眼,天就亮了。我说到我们的未来,她笑而不语。有几次我见她欲言又止,但最终这些话语都在做爱中消耗了。

  这天午后,南什嘉说,我们又分手了。可他还是一如既往地去约会。在我之后,确罗成了他的跟班,我不知道确罗跟了几次了。但我知道他心甘情愿并且乐此不疲。据说狗都被确罗包了打,并且越打越上瘾。南什嘉承诺回去之后从某处给他借一把枪。他之所以答应给南什嘉做保镖完全是看在那把枪的份上的。他常常用质疑的口气问南什嘉那把枪是不是八成新，会不会哑火之类的问题。南什嘉再三保证枪绝对不旧，而且也绝对不会发生哑火之类的问题。但他还是不放心，必须每天问一次，仿佛一天不问那枪就会出现那种情况。

这几日南什嘉跑得格外勤快，他说时间所剩无多，机会转瞬即逝……

我听着心里慌，说我也是没多少机会了。

不一样，你和我不一样！他说，我再也没有机会了，但是你有机会，好好把握！

我说，你舍得吗？

我就这点好，从来不留恋任何女人，所以往往关键时候毫不犹豫。

你真舍得？

又不会马上死掉。他说。

我办不到。

今晚我陪你去。

不用。

没事，就是想跟你聊聊，以后可就没时间了。

翻山的途中他跟我说他要去玉树了。他再也不想待在这里。

玉树？

我招女婿去了。

这是干吗？我感到很诧异，他突然这样说，好像一去就是永别似的。

我和他不对路,像仇人一样很没意思,与其这样不如远远分开。

我就不明白,这么多年你们兄弟就一点感情没有吗?

有什么感情,一直都是我在家放羊干活供他上学。我很早就知道,我只不过是他们家的一个仆人,他把我领养的时候大概就是这么打算的吧。

南什嘉说得让人心酸,让人不由自主地去想象他遭受过的困苦。我实在不知道他对自己现在的家庭到底持有一种什么样的态度,是恨呢,还是无奈?

我觉得他当初领养你大概没有想那么多。

你不知道,你不了解。我的养父啊,别看平时一副老实样子,主意多着呢。

你这是打算离开,还是要彻底断绝关系……但毕竟,他把你养大……

南什嘉苦笑着摇头。就因为他把我养大,我才为难,要不然你以为我会忍气吞声受这份窝囊气?

远走高飞,也好。我在想,我要是去她家招女婿的话会怎么样……我回头望了一眼亮堂堂明晃晃的月亮,那清光叫我打了个激灵。我把皮袄往紧里拉了拉。我俩的影子就在眼前晃动着,清晰得难以置信。我的围巾松了,寒气扑到脸上,直透骨髓。远处灌木林里有一只孤狼在长啸,那悲戚的声音把我的心绪搅成一团绵绵的伤愁。我紧跑几步追上他。

走完长长的下山路,他朝四处看看,挥挥手,转身离去。他远去的身影悲戚如那匹孤狼。我用衣袖擦了擦眼睛,转身走进帐篷。

我没有见到她,但奇怪的是我一点儿也没有惊讶,我一点儿也没有感到意外,我惊讶什么?我又意外什么呢?我早该料到这种结局了。我看到叠得整整齐齐的被子,上面是一封薄薄的却沉重如山的信。打量整个帐篷,一切如旧,只有她的消失留下了巨大的空间。我突然感到这个帐篷里的陌生和冰冷,把最后一丝暖意也吞噬了。我坐在熟悉的小床上,熟练地点上了蜡烛,抚摸着我们共同枕过的枕头。我拿起那封信。在打开信的时候,我双手沉稳,我知道如果一抖,我就会号啕大哭。而我,却不想在一个无情的夜晚,流淌没有用处的眼泪。

看见这封信……也许不用打开这封信,你就明白发生了什么,就已经有了预感。我们现在这样子,这真是讽刺又可笑。也许这就是命中注定,我不会为此去改变什么。请原谅,可能我当初就不应该去搭理你,不应该把你引来,可是,我也有不能控制自己的时候,我对你充满好奇和愧疚,还有一种说不出的感觉。正是这些东西害了我也害了你,让我们无端地受了一次爱的伤害。请不要怀疑我们拥有这一份美丽爱情的真诚。回想我们在一起的每一个夜晚,我们写的那些情书……我一生都不会忘记的……

我很快就会结婚了。不是我不在乎我们的感情。我就是想给你留下一个坦白的心。我知道这样做会使你伤心悲痛,但所有的爱情都会有伤心和悲痛的,不是吗?

我永远不忘记你。把我好好地放在心里。

你的女人，写于冷夜。

看完信，我把信揣在怀里走出帐篷。我揣着仿佛还有她的温度她的气息的诀别信踏上归途。

我的围巾又被风吹开了，在脖子后面迎风飘扬。天地间只有我一个人。雪，又开始飘下来。

第十一章

当我从一种浑浑噩噩的状态中冻醒的时候，大雪纷纷扬扬，天地一片朦胧。云层低沉沉地压在头顶，强风横扫每一寸雪地，轻盈的雪花有了箭一般的速度和力量。空气冷酷得令人窒息，我呼出的每一口气都被毫不留情地封杀在了围巾上，形成一层坚硬的冰布。我的眼睛和额头赤裸裸地见证着这一场恶劣的大风雪。

我发现一匹老狼威风凛凛地站立在不远处。它饶有兴趣地凝视着我。过了一会儿，它朝周围看看，仿佛在寻找几个同伴，以便一起来分享我这个大餐。可是发现除了大雪和呼啸的大风之外什么也没有的时候，它无比留恋地望了我一眼，夹着尾巴摇摇摆摆地走了。而我身后的脚印，飞快地消失。自我离开小帐篷，山的那边，山的这边，所有我存在过的痕迹都被抹除了。

我悄悄回到营地，异常疲惫地躺进被窝，流了几串眼泪，然后昏昏沉沉地睡去。

我被乱哄哄的喧闹声吵醒。我听见麻将声，听见他们在争论着吃什么。有人说吃好一点，反正要快走了。有人反对说不行，大雪封山，这些剩余的东西可能都吃不了几天。大家都七嘴八舌地说着。

我拉开被子，见南什嘉也在被窝里。他看着我笑，问事情怎么样了。

我下意识地摸了摸信，说，我们也结束了。

很好，这下你可以重新开始新的生活了。他毫不惊讶地说。

我也这么想。我强迫自己这么说。

今晚你陪我吧！你说得对，我们要做个了断。

我接过一根烟，默默地吸着。

下午，确罗说他发现了一个秘密。

金嘎这家伙，他在弄这个，你们说有意思不？他的手做了一个手淫的动作，夸张地嚷嚷道，这天气……他就不怕冻掉……哈……他一个劲儿地说着。

兀斯说，你这是吃饱了撑的，你管那些干啥？你没干过？

确罗理直气壮地说，我当然不会干，我要需要就去找女人。我就要想问问他，冷天里的感觉怎么样？

谁信你的鬼话，我就不相信你从来没干过。南什嘉说。

我就是没有，你们爱信不信。

乌兰乐呵呵地说，确罗你做了也不承认，前些天你去"约会"的晚上有那么多时间，你做什么了我们也没看见，你的怎么没冻掉呢？

确罗说，乌兰，你是不是又想挨打了？

荒原上 | 271

乌兰站起来说，你试试。

确罗沉着脸，突然一笑，开个玩笑，玩笑。你们看，金嘎来了。

金嘎一进来，确罗就笑嘻嘻地说，金嘎，你哪去了？

我去哪儿了？金嘎本能地感到不对劲。

对呀，你去了哪里？你不会连自己去了哪里都不知道吧？

我去上厕所了。金嘎结结巴巴地说。

你紧张什么？难道还有什么事？确罗不依不饶地追问。

确罗你想干什么？你什么意思？兀斯第一个阻止，你要是吃多了就滚出去。

就是，确罗你过分了。南什嘉接着说，他去哪里干什么跟你有什么关系？

我和乌兰也指责确罗多管闲事，破坏团结。

确罗成了众矢之的，气得哈哈大笑，态度更强硬了。

你们不让我说，我偏要说，你说金嘎，你干什么去了？你说不说？

金嘎摇着头，茫然地站着。

你不说是吧？好好好，你不说我替你说。确罗激愤地嚷嚷，我刚才看见一个人，在那里……有个人在那里干这个……

确罗夸张地挥动右手，在下身做了一个套动的动作。他皮笑肉不笑地冷冰冰地盯着金嘎，你说说，你在干什么？这是什么动作？

金嘎愣愣地看着确罗，好像不认识他，又好像没搞清楚他在说什么。

问你话呢？你的这个动作是什么意思？你把你那家伙掏出来摆弄什么呀？

金嘎痛苦地闭上眼睛，眼泪滑下脸颊。

你说啊，看你熟练的动作经常干吧？确罗没有开玩笑的意思，恶狠狠地说，你那家伙是不是已经被你训练出来，已经很抗冻了？

金嘎大叫一声，你是魔鬼神。他哭嚎着跑出去，一直跑到冰面上去了。

确罗撇着嘴，摇摇晃晃地躺到自己的毯子上。金嘎的表现让他很失望，他没了继续玩下去的兴致。

毡包里一阵沉默，气氛诡异。确罗越来越能搞事了，而且还不愿意改正，他铆足了劲儿找茬儿，谁也拿他没办法。南什嘉是个失职的队长，几乎什么都不管。但也不怪他，他有自己的事情，他连自己都管不好。我们都什么也不是。我突然感到难过，金嘎年轻，我也年轻。乌兰、确罗、南什嘉都年轻，但我们仿佛经过了一百次年轻的时候，仿佛现在厌倦了年轻。

我不明白。首先，我不明白发生这些事的原委，到底哪里错了。然后我不明白为什么时间一长，我们就开始仇视彼此，鼠疫来了不是我们任何一个人的错，可我们不着痕迹地提防别人。是个人就能感觉到那种不正常的交流。

我们竟然都变得凶巴巴的。

一个小时过去了，金嘎还不回来。我磨磨蹭蹭地走过去，和他站在一起。我不敢看他，摸了摸裤兜，掏出烟。在给他点烟的时候打火机几次被风吹灭。我偷偷地瞅了一眼，他已经不哭了，很平静，看不出任何表情。我不知道该怎么劝他，任何劝解都显得无力。

你说，我窝囊吗？风一来，他的话被吹散，像是从遥远的地方飘过来的。

什么？窝囊？这有什么窝囊的？我赶紧说。

其实我一点不窝囊，你相信不相信？他看着我。

我当然相信，这跟窝囊不窝囊没关系。我不由自主地躲避开他灼人的目光。

你也不相信吗？我该怎么办？

我真的相信。我怎么会不相信？我是了解你的，而且这也不是什么大事，你想那么多干吗？

他们都会知道的，所有人都会知道的。我家里人也会知道的……她们也会知道的，谁还会看上我？还有谁会瞧得起我？

金嘎终于崩溃了，蹲在冰上呜呜地哭。

我站着，一句安慰的话都说不出口。

他哭了一会儿停下来，冷冰冰地说，我不会就这么算了的，我会让确罗后悔死这么做。

他的确不像话。我说，说明他吃的亏太少。

他把我当小狗一样。老天怎么不把他劈死？

他就是那么个不长记性的人，不知道分寸的人。我顺着他的话说着。

他会有报应的。

迟早的事。我说。

我想一个人坐一会儿。他说。

我点点头，走开了。

金嘎傍晚回来了，回来后去提水，然后帮兀斯做饭，很正常了。我松口气，这件事这么过去是最好的结局。金嘎在这件事上的反应是有些出人意料，但也情有可原。女人是他的一道深渊一道坎，这谁都看得出来。但这是因为他年轻，我相信很快他自己会解决的，或许若干年后，他会怀念着自己把这段经历讲给别人听，因为时间会把一切改变掉。

金嘎总有一天会为今天的行为感到好笑，并顺便怀念青春的。

第十二章

我和南什嘉出发了。四野白茫茫一片，一如我们刚来的时候。坚硬如沙的雪粒子还在空中飞荡，时不时地打在脸上。南什嘉沉默而伤感，他再不能克制自己的情绪了。走着走着，我们身后那已然被悲伤晕染的圆月突然光芒大盛。月光清清爽爽地照耀雪原，大地就在那一瞬间燃烧了一样红亮了，夜色也在这一刻动了一动。

我们身后逶迤的脚印，仿佛爱情的符号，断断续续。

我承认，我到现在一直放不下她。南什嘉喃喃自语，我承认我说的都是假的，可我没有其他的机会。

那天夜里有哭哭啼啼的声音锲而不舍地烦恼我，我在梦境与现实之间的地带茫然无措，不知该往何处去，只觉得面向何方，都是一条绝望的路。黎明之际，他来叫醒我，我们走出低矮的木头门，一起远眺黛青色的山峦。天地肃穆，没有因为一对恋人的分手而多出一丝变化。悄然出现在门口默默相送的她和大步流星离去的他都承受着难以释怀的悲伤。我见证了一段五味杂陈的爱情的终结，心里像被割了两刀。

天色刚刚亮起来，昼夜交替，正是一天中最冷的时候，呼出去的气还没消散便成了冰，冻结在围套上、眉毛上。雪地不再反光了，变得灰暗，即将到来的阳光让一切物体都做出了迎接的准备。

迎着第一缕阳光，我和南什嘉几乎同时看见毡包门口的热闹。我们隐隐约约听见哭喊。

他们在干什么？南什嘉停下，变换视线的角度，极力想从迎面而来的强烈光线中看清楚发生了什么。

好像有人在哭。我说，出事了。我有很不好的预感，是那种大难临头的预感。

南什嘉跑起来，一边跑一边说，肯定出事了，要不然他们不会这么早起来。

走近了，确罗呼天抢地的号哭清晰了。

再近一些，我们看见他们站着。乌兰、兀斯，木桩似的站着。在他们前面，是跪倒的确罗。确罗的前面是金嘎。

金嘎盘腿坐着，披一身霜雪。

金嘎一动不动。

金嘎结结实实冻住在雪地上。

不久前他还活蹦乱跳地读诗念字，如今已经从头到脚冻死了，嘴巴、眼睛、手还有心灵都冻掉了，甚至连灵魂也冻死了。

确罗把头深深埋进雪里,哭声渐渐变得哽咽,最后只剩抽搐。他跪在金嘎面前,一遍又一遍地把头撞在地上。

我不敢靠近,浑身剧烈颤抖,恐惧。我试图让自己发声,可是我失语了,我只能看着。我觉得这一定是一场噩梦,我还在那间冰冷的小屋里睡着,等着南什嘉来叫醒我。

一只手来到我鼻子底下,南什嘉应该是想抓住我站起来,但没抓住,他的眼神错乱了,比我更不堪。他再次一抓,抓到我手臂上。我把他扶起来。

他冻死了。南什嘉喘着粗气。和我一样,他的目光不敢停留在金嘎身上。他冻死了。他自言自语地说。

他就是这么个人。我终于可以说话了。话一出口,泪水横流。

南什嘉也哭了。

他狠起来比谁都狠,他把狠用到自己身上了。是的,我早该想到他会有行动的,但他往日的懦弱麻痹了我。我忘记了老实人狠起来才是真的狠。他真的报仇了。他把有自己精液的碗放在了确罗的头顶,他让自己结束生命。他报仇了!确罗得到了一个一辈子也无法洗脱的报应。

金嘎,这世上只有你最有尊严。

第十三章

金嘎走了。

我们把他抬上车,南什嘉和乌兰送他回去。

我们剩下的人,躲在被窝里,谁也不说话。炉火灭了,没人点。

我感受着白天和黑夜的轮转,仿佛经历着什么。我仿佛在这种经历中长大,我长了十岁,我从一次死亡长大成人了。我明白了生活就是这样。我身边的一个个人,就是一次次死亡。我明白了如果没有死亡,无论是现实中还是精神上,我们都将有一个完全不同的人生。我们从死亡的一边出发,走向死亡的另一边。

为什么感受到风吹和雪花?因为我们在死亡之间的人生里。

兀斯沉睡了两天,脸庞浮肿,眼睛充满血丝。他时而发出沉痛的呻吟,时而大声念出长长的、包含情感的经文。

两天后,兀斯起来了,把确罗踹起来,将水桶踢给他。

确罗蓬头垢面地去提水了,这是以前金嘎的活。两天前南什嘉让确罗出山,他不敢。他的胆子被恐惧和愧疚包裹起来了。他成了一具行尸走肉,但这不是我们愿意看到的。逝者已逝,生者向前。我们原不原谅他无关紧要,他得自己走出来。兀斯是过来人,他知道仇恨是最没有用的、最会害人的,所以他才打了确罗。

南什嘉和乌兰回来了,带来了消息。鼠疫终究没能得逞,这片草原保持了原有的平衡。该怎么样还怎么样。兀斯终于可以放心了。

金嘎走后第七天,我们可以回家了。这是一个世纪般漫长的七天。

来的时候满载而来,沉甸甸的,走的时候轻车简行,空荡荡的。

　　来的时候是六个人，朝气蓬勃；走的时候却成了五个人，死气沉沉。金嘎留在了草原上，他所向往的大世界……

　　我们绕道去了那卡诺登，登上了敖包山。在敖包跟前，我们跪倒磕头。确罗呜呜嘤嘤地哭泣着，强劲的东风吹散了他的哀声，吹得他像狗一样匍匐着向前爬。南什嘉也哭了，轻轻地、无声地流泪。这是我第一次，也是最后一次看见他流泪。

　　当我们再次坐上车，朝遥遥在望的家驶去时，我说我们念一首诗吧，金嘎经常念的那首。于是，我们一起大声地、歇斯底里地喊道：青海长云暗雪山，孤城遥望玉门关……